U0060921

時空調查科 ⑧

銅器時代登月計劃

關景峰 著

新雅文化事業有限公司
www.sunya.com.hk

時空調查科

阿爾法小組

—— 人物介紹 ——

凱文

特工代號：051

年　　齡：13歲

組內擔當：分析大師

特　　長：IQ極高，分析力超強，
　　　　　多謀善斷

最強裝備：萬能手錶

萬能手錶

具備通訊、翻譯、搜尋、地圖
等等功能，還能按需要升級更
新其他功能。

張琳

特工代號：059

年　　齡：13歲

組內擔當：攻擊大師

特　　長：擁有驚人的戰鬥力，對各種
　　　　　武器都運用自如

最強武器：先鋒寶盒

先鋒寶盒

可變化成霹靂劍、迴旋鏢和流
星錘三種武器的神奇寶盒。

西恩

特工代號：056

年　　齡：12歲

組內擔當：防衛大師

特　　長：能針對不同攻擊使出各種防禦
　　　　　力強大的招式

最強招式：防禦盾、防禦弧

防禦盾

原為硬幣般大小的鐵片，使用時
會變大成圓形盾牌。

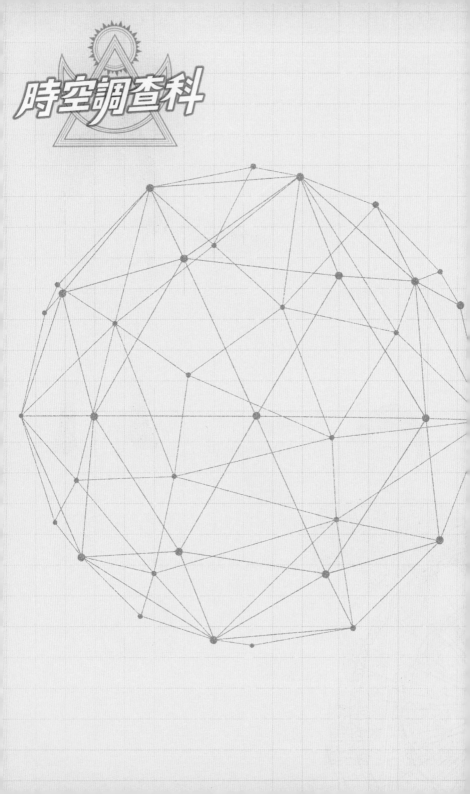

目錄

CHAPTER 1

進入被追擊者的穿越通道

「我們已經看見他了，正在跟蹤。」我戴着無線耳機，小聲地説，我的無線耳機連通着手上的萬能手錶，而手錶又和總部連線，我們三個人，正在總部諾曼先生的指揮下，抓捕一個叫夏佐的毒狼集團成員，「他沿着大街向前走，可能在回住的旅館。」

「盯住他，找個合適的機會，抓他。」諾曼先生斬釘截鐵地説。

「是。」我立即説，「啊，他走進了一家銀行……」

我們走在倫敦最繁華的皮卡迪利大街上，夏佐是根據線報，被我們盯上的。之所以派我們來，是因為夏佐也是個超能力者，他可以在各個時空穿來穿去，躲避追捕。我們追了他十天，從十四世紀的華沙追到

了十五世紀的巴黎，我們就是從十五世紀的巴黎趕過來的，我們的情報準確，説夏佐會暫時穿越回現代，上午的十點在倫敦和一個人接頭，地點就在皮卡迪利大街的一家高檔錶行門口。

參與跟蹤抓捕的有我們阿爾法小組，還有卡帕小組。十點的時候兩人確實出現在了那家錶行門口，但是兩人很是狡猾，他們緊貼着牆壁站着，而且是面對面説話。這樣無論從前還是從後靠近，他們都會發現。這兩個人完全知道自己被通緝之中，事事都非常小心。

我們決定等他們分開後，分頭抓捕，我們小組抓捕夏佐，卡帕小組抓捕另一個人。十點五分，他們交談完畢，一個向東一個向西走開。我們立即跟上夏佐，他沿着皮卡迪利大街走着，時不時地回頭看一下。我們眼看着他忽然走進了一家銀行。

「等他出來後，就在銀行門口抓捕。」我看看張琳和西恩，「我們在門口散開，我堵正面，你們從側

面上。」

張琳和西恩點點頭，我們也走向銀行門口，決定在門口散開，形成一個小包圍圈。夏佐走進了銀行，他從口袋裏掏出一張銀行卡，走向了一台提款機，我覺得他提款應該要花一分鐘時間，這時，夏佐忽然收起銀行卡，轉身向大門走了出來。

我們向大門走，想分開但是還沒有分開，夏佐直接推門走了出來，雙方迎面相遇，我們根本沒想到夏佐為什麼會突然出來。夏佐看到我們，明顯意識到了什麼，因為他知道特種警察總部是有少年警察的。

夏佐很是不自然地低着頭，走了半步，我們則稍微愣了一下。夏佐突然衝過來，張琳攔了一下，但是沒有攔住。夏佐拔腿就跑，我們立即轉身，追了過去。

「站住——站住——」西恩邊跑邊喊。

夏佐穿行在倫敦的街頭，在人海中鑽來鑽去。我們三個緊追不捨，但是迎面走來的人太多，不僅阻擋

了我們的視線，也阻礙了我們的追擊。行人們都很是奇怪地看着我們，三個少年在追擊一個成年男子，我們可顧不上這些，拚命追趕着夏佐，他和我們之間有大概三十多米的距離。

張琳加速奔跑，一度和夏佐的距離不到兩米，但是狡猾的夏佐發覺後，直接拉住一個路人，隨即往後一推，那人歪倒着撲向張琳，張琳連忙接住那人，把他扶穩。我和西恩超過張琳，緊追上去。

前方，出現了一個巷口，夏佐忽然轉向，跑進了巷子。我們跟着就轉了進去，但是一進巷子，發現夏佐不見了。

巷子不寬，人也不多，我們疑惑地又向前跑了十幾米，不知道夏佐跑到哪裏去了。巷子兩邊，有一些商店。

「唰——」的一下，我們身邊的一家洗衣房裏猛地發出閃光，我們頓時一愣。

「穿越通道開啟的閃光——」張琳説着就向洗衣

房裏跑去，「他要穿越逃走了——」

　　我們衝進了洗衣房，只見裏面有個男子驚慌地捂着頭。

　　「怎麼回事？」張琳大聲地問。

　　「有個人衝進來，打了我一拳，然後跑到後院去了。」那人説着掏出手機，「我要報警。」

　　張琳第一個衝向後院，我們緊跟在後面。洗衣房的後門直通後院，張琳推開後門，一個不大的院子出現了，院子裏，有一個穿越通道正在收縮、消失。

　　「衝進去——」張琳説着縱身一躍，一頭鑽進了那個正在消失的穿越通道。

　　我和西恩跟着飛身一躍，在穿越通道完全消失的前一秒鑽進了穿越通道。這是夏佐開啟的穿越通道，他要逃到另一個時空去，具體去哪裏我們當然不知道，但是只要衝進通道去，就能緊緊跟上夏佐。

　　進入夏佐的穿越通道，一片昏暗，我們的身體全部飄浮起來，迎着通道裏的風前行，看上去就是在飛

行。我依稀看見前面的夏佐，他也呈現出飛行狀態，他似乎還沒有發現我們。

張琳迎着風，用力一蹬，向前衝了十幾米，這時，夏佐回過頭來，看到了我們。他大吃一驚，伸手就向身後扔了一個東西。

高速飛行中，如果被任何物體擊中，都會給我們造成傷害。張琳連忙一躲。夏佐扔過來的是他的旅館房卡。

趁着張琳躲避的時候，夏佐一個加速，隨即，前方出現了一個射進陽光的圓洞，那就是穿越通道的出口。夏佐一個縱身，從出口飛了出去。

張琳和我們隨即飛到洞口，排着隊從洞口飛身出去，我們先後落在地上，就地一滾，然後都站了起來。

四下是荒野，遠處還有幾座小山，還有樹林，地面上有不大的風，把四處長着的灌木吹得微微擺動着。我們看着四周，沒有看到夏佐，我們和夏佐飛出

穿越通道的時間，大概也就差十幾秒鐘，但是就是這十幾秒，夏佐已經不見了蹤影。我們的身邊，有一個幾米長、半透明的穿越通道，這是夏佐的穿越通道，他慌忙逃走，根本就來不及收起這條穿越通道。

「我們不能帶着這個通道走，也不可能一直守在這裏，所以把他的穿越通道毀掉，他就沒辦法從這個通道逃走了，他要是重建這樣一個通道，必須要有毒狼組織的遠端協助，不過最少一周才能完成，到那時我們早就把他找到了。」西恩看着夏佐的穿越通道，説道，隨後他看着四周，「這是哪裏呀？」

「轟——轟——」張琳已經揮動霹靂劍，大力地砍向那條穿越通道，穿越通道發出被破壞的轟鳴聲，隨後，四散展開，消失在空氣中。

「好了，夏佐哪裏也去不了了。只能被我們帶回去了。」張琳説着收起了霹靂劍，「西恩，問問總部，我們這是在哪裏？什麼時代？」

西恩連忙跑到一邊，開啟萬能手錶的對講功能，

聯繫總部。我和張琳則看着四面，那個叫夏佐的，速度真快，這麼一會功夫就不見了身影。張琳指着不遠處的一個樹林，説夏佐可能是穿過那片樹林逃走了。

「嗨，嗨——」西恩一臉驚喜地跑了過來，「凱文，張琳，你們猜猜我們在哪裏？你們猜不到的。」

「在哪裏？」我問道。

「我們在月球，月球上呀。」西恩大叫着。

「好好説話——」張琳瞪着西恩，嚴肅地説。

「好吧。」西恩收起了嘻笑的臉，「馬爾他，我們在地中海的馬爾他島上，我們的北面，是意大利，南面，是非洲，這個地方現在叫戈爾米，位於馬爾他島的中心位置……現在是歐洲的銅器時代，在公元前3000年。」

「很好，很好。」張琳點着頭，「這可是他自己選擇的地點和時空，按照銅器時代的技術，夏佐困在這個島上了，沒有船能去歐洲大陸或者是非洲。」

「他應該是發現了我們後，慌不擇路，改變計劃

隨便落地的。」我分析道，「通道落地點還好不是大海。」

「反正他困在這裏了，現在就看我們怎麼找到他了。」西恩説道，「這個島不算大，但我們只有三個人。」

「總部説這附近哪裏有人活動嗎？或是人類聚居區。」我看看西恩。

「只説附近有一些原始部落，其他情況不明確。」西恩回答説，「啊，對了，還有一件事，算是個不好的消息。」

「什麼事？」我連忙問。

「總部管理員説，他那邊的設備檢測到，我們三個現在要啟動穿越通道離開這裏，會有些麻煩，因為我們進入了別人的穿越通道，受磁力影響，我們開啟自己的穿越通道的功能受損了。他正在進行遠端修理，最少要兩天才能幫我們解決通道開啟的問題。」

「我們沒有察覺到呀。」張琳聽説我們現在無法

開啟穿越通道，很是着急。

「當然，我們又沒有實施新的穿越，所以沒有察覺。」西恩連忙說。

「那就等兩天吧。」張琳很是無奈地說，「這兩天我們可能找不到夏佐呢。」

「對，這個問題不算大……不過在這裏生存要有水，有食物。」我看看張琳和西恩，「我們和夏佐都一樣，所以我們先看看距離最近的部落在哪裏。」

「怎麼找最近的部落呢？」西恩問道。

「原始部落沒有供水系統，一般都盡量靠着河流居住，方便取水。」我看了看四周，「那邊有個小山丘，我們上去看看周圍有沒有河，如果有的話沿着河很快就能找到。」

我們向樹林後的山丘走去，我們穿過了樹林，出了樹林後，向前走了幾十米。

「有水聲——」張琳猛地說道。

我們立即向前跑去，跑了不到五十米，一條小河

出現在我們面前，這條河的河水清澈，並不很蜿蜒，我們向河的兩側看了看。

「你們看那邊——」我指着河水的流動方向，大概是向西，距離我們不到一千米的地方，「好像有個村落，那應該是小房子吧？」

「好像是。」張琳仔細地看了看，「那我們要過去嗎？我有點餓了呢，不過我擔心夏佐也去了那裏。」

「那就正好把他抓回去。」西恩大聲地說，「剛好回去吃飯。」

「不那麼容易的。」我想了想，向那個村落走去，「我們要小心，先找個村民問一問情況。」

我們沿着小河，一直向前，小心地前進，大概走了幾百米，前面那個村落清晰地出現在我們眼前，那裏確實是一個人類的聚集區，大大小小有很多的石頭房子，這個時代是銅器時代，比更早的新石器時代要先進得多。

河邊有很多樹木，我們在樹木中穿行着。避免被村子裏的人看到，村子裏很是安靜，偶爾有人走動，晃了那麼一下，就不見了。我們慢慢地接近村落，在距離村落一百多米的地方停下，躲在了一棵樹的後面，看着前面的村落。

　　在這個村落的邊緣，豎立着一座很高的木台，木台頂部還有一塊平板，似乎是用來擋雨的。木台上，有個人懶洋洋地坐在裏面，正在打瞌睡。

　　「夏佐也許跑進去了，正在吃飯呢。」西恩很是渴望地看着村子裏，他也很餓了。

　　「等一下，那邊出來一個人。」張琳興奮地説。

CHAPTER 2

三個小巫師

　　果然，村子裏有一個人走出來，是一個男子，他提着一個木桶，走向河邊，似乎是來打水的。他穿着獸皮做的衣服，頭髮很長。

　　「過去，問問情況。」我揮揮手，向前走去，我還看了看自己的衣服，我們都是穿着現代衣服追過來的，現在也顧不得那麼多了，這裏也沒有誰能給我們銅器時代的衣服。

　　我們借着樹木的掩護，慢慢地靠了過去。距離那人二十多米，那人打了滿滿一桶的河水，提着桶向村子裏走去。

　　「嗨——」我從大樹後走出來，我們的語言已經調整成了銅器時代馬爾他島上的語言，「打擾一下……」

「啊？」那人一愣，他看着我們，瞪大了眼睛，隨後把水桶放到地上，「怪……人……」

「我們不是怪人，我們有自己的穿衣風格……」西恩走上前一步，笑嘻嘻解釋着。

「怪人呀——怪小孩——」那人突然大喊起來，「來人呀——喬森——你在木台上睡覺嗎——阿萊村的人都來了——」

「你別喊呀，我們就問問你們這裏有沒有一個外來人剛剛前來……」西恩着急了，「我們沒有惡意，你別喊……」

「怪小孩呀——救命呀——」那人繼續大喊着，模樣還很恐懼。

我們都有些不知所措了，我們三個人還是小孩，就算是穿着他沒見過的衣服，也不應該把他嚇成這樣。不過他這麼一喊，村子裏頓時有個動靜，首先是木台上的那個人站起來，拚命晃動一面旗子，也喊叫着，隨即從村子裏衝出來十多個手持長棍的人，直撲

過來。

「怎麼了——怎麼了——」為首的一個人大喊着，他掄着兩根短棒，氣勢洶洶，看到了我們，先是一愣，「啊，阿萊村的小巫師——」

十幾個人衝上來，當即就把我們包圍住了，他們都用棍子對着我們，還全都怒視着我們。

「捆起來，都捆起來——」為首那人下令。

幾個人上來，把我們用藤條做的繩子捆了起來，我們掙扎了幾下，但是不想抵抗，沒有把事情搞清楚前，除非遇到緊急、危險的情況，我們都不進行抵抗。西恩看到自己被捆住，眉頭緊皺。

「怎麼又被抓起來了？」西恩大喊起來，他看着那些人，「我哪裏惹你們了？」

「亂喊亂叫的，閉嘴。」那人用木棍點了點西恩，然後看看手下，「把他們帶回去，去見首領和大巫師，這下我們可有功勞了，可以得到好多雞腿了。」

那些人把我們推推搡搡的，帶進了村子。這個村子不小，看着那些石頭造的房子，很難想像這是銅器時代的房子。我們被帶進村後，村子裏熱鬧起來，不少人從房子裏走出來，圍觀我們。

　　「抓了三個小巫師，應該是阿萊村的。」為首的那個人很是得意地對村民炫耀着，「偷偷地來詛咒我們村，被我抓住了。」

　　「瓦爾，這麼小的孩子，送到我家當奴隸吧，我家要有人伺候。」一個村民對為首那人説，他指着我，「我要這個，一看就很聰明，幹活應該也很勤快。」

　　「為什麼不要我？我哪點不如他了？」西恩很是不高興地瞪着那人。

　　「哎，走吧，這個時候了，還爭這個。」張琳不滿地説，「你可真有意思。」

　　我們被帶到了一所大房子前，進了房子後，在中央大廳裏，我們看到裏面坐着兩個人，正中坐着

一個很胖的人，他的旁邊坐着一個很瘦的人，年齡都差不多。他倆穿的衣服明顯很鮮亮，應該是這個村的首領。

「報告首領，報告大巫師，抓住了三個阿萊村的小巫師。」瓦爾先是鞠躬，隨後説道，「來我們村行那詛咒巫法，還好被我抓到了，否則首領你又該肚子不舒服了。」

「我現在肚子就不舒服。」首領喊道，他瞪着我們，「你們快些給我解除詛咒，不然就狠狠地揍你們。」

「首領，我們不是什麼阿萊村的小巫師，我們是路過的，我們從來沒有去過什麼阿萊村，我們就是想打聽一個人……」我連忙辯解起來。

「閉嘴，還敢説謊。」首領身邊的大巫師大怒起來，他指着張琳，「穿着如此鮮豔，只有阿萊村的巫師才有這樣的打扮，還想騙我嗎？這是血染的紅衣，詛咒他人時才穿。」

我們頓時一頭霧水，不知道巫師在說什麼。不過張琳的確穿了一件紅色的上衣，但是這是現代運動服，但是我們又沒辦法解釋，解釋他們也聽不懂。

「首領，這就是阿萊村的小巫師，和前幾天打仗時那個穿紅色衣服的小巫師一樣，沒準就是那個小巫師呢。那天他們佔了大便宜，現在跑到我們村子邊來偷襲了。」大巫師顯得很是憤怒，「被我們抓到還狡辯。」

「太大膽了，全給我送去當奴隸，每天挑水做飯，晚上十點前不能睡覺，早上六點起來……」首領指着我們，說出了他的懲罰措施。

「首領，這樣不行呀。」大巫師站起來，對首領微微鞠躬。

「哇，好心人還是有的。」西恩聽到這話，轉向張琳，小聲地說。

「用他們三個試驗我們的登月計劃。」大巫師說道，「正好送上門來……」

「啊？」首領一愣，「不好吧，還是當奴隸吧⋯⋯他們可能會摔死的，前幾天不是把一隻小牛摔下山了嗎？」

「首領，可不能留着他們，摔死就摔死。」大巫師惡狠狠地說，「他們可是阿萊村的小巫師，可是會詛咒人的，我剛才推算了一下，您不是說夫人早上頭疼嗎？一定是這三個小巫師詛咒的，要是把他們留在村子裏，那還得了，而且他們三個還狡辯說自己是過路的呢。」

「嗯？夫人早上頭疼和他們的詛咒有關？」首領瞪大眼，看着大巫師。

「當然，我可是大巫師，我推算出來的，幸好我用了巫術，夫人頭疼才好了一些，其實我看到了一股隱形的外來毒火攻擊夫人，一定是這三個小巫師所為，我當時阻斷了這股毒火，另外，您覺得早餐不好吃，和他們三個的詛咒也有關。」大巫師比劃着說。

「啊呀，我說平時火燒大麥都好吃，早上怎麼沒

有味道了，原來是這樣。」首領扭動着胖胖的身體，舉着拳頭，「氣死我啦——」

「阿萊村這三個小巫師，實在是太壞了。」大巫師繼續説着，邊説邊看着我們。

「首領，你不要生氣，這都不是真的，我們就是過路的……」我連忙説道，那個首領顯然是越來越氣了，而大巫師則一直在信口開河。

「看看，他們還在狡辯。」大巫師叫了起來。

「送去登月，送去登月——」首領暴跳起來，「破壞大麥的味道，詛咒夫人頭疼——大巫師，你來處置他們三個——」

「是。」大巫師連忙鞠躬。

首領氣呼呼地站起來，他身後兩個僕人立即上前，把他扶起來。由於很肥胖，他站起來都有些吃力，兩個僕人扶起他，首領又瞪了我們一眼，被攙扶着走了。

「來人呀，把他們三個送到牢房去，嚴加看

管。」大巫師喊道，「這可是三個小巫師，小心別給他們跑了。」

　　抓住我們的瓦爾一直站在我們身後，聽到大巫師的呼喊，立即走過來，把我們三個往外推。我們被帶到了一個房子旁，房前站着兩個手持長槍的守衛，我們被推了進去。

CHAPTER 3

拋人板

　　房子裏，非常陰暗，幾扇小窗戶透射進來一些光線，裏面有大大小小幾個木樁圍起來的牢房。瓦爾上來，毫不客氣地把我們推進了一個大的牢房，隨後把門關上，幾個人推來一塊大石頭，擋住了門，應該是那時候還沒有鎖，只能用沉重的石塊擋着牢門。

　　瓦爾帶着幾個人走了。我們被關在了牢房裏，這裏連牀都沒有，地上鋪着一些草。

　　「推開那塊石頭，或者穿越出去。」西恩很是不屑地説道，「我不想和這些傢伙囉嗦了，我們還要去找夏佐呢。」

　　「夏佐就在這個島上，跑不掉的。」我擺了擺手，「只是現在我很懷疑我們是不是穿越到了銅器時代，你們剛才聽到了嗎，他們居然有個登月計劃，銅

器時代的人登月，難以置信呀。」

「啊，是呀。」西恩一副驚歎的樣子，「我都忘了，他們要登月，真是太奇怪了。」

「先弄清這件事，看看他們怎麼登月。」我很是認真地說，「整件事都很怪，我們成了小巫師，只因為張琳穿了件紅色的衣服，他們還要登月，我們成了登月試驗品。」

「我也想看看，萬一他們真的把我們弄到月球上呢。」張琳很是少見地開了個玩笑。

這時，我們旁邊的小牢房有動靜，一個躺在地上的人，掀開枯草，坐了起來，我們剛才確實沒發現那裏還有個人。

「喂，你們小點聲行不行？我都被吵醒了……」那人很是不滿意地叫了起來。

「啊，對不起。」我連忙說，我走到木椿旁，看着那個人，「真的沒看見你在這裏。」

「三個怪人。」那人看着我，隨後又看看張琳和

西恩，「你們穿的都是什麼呀？奇怪的衣服。」

「我們……喜歡這樣……」我說着想到了什麼，連忙從口袋裏掏出一塊巧克力，遞給那人，「啊，我說，你餓了吧，你來吃這個……」

「哇，凱文，帶着巧克力不和我說，不給我吃。」西恩很是不滿地大叫起來。

「小點聲，小點聲，你又沒和我要。」我對西恩擺擺手。

「你也沒說有呀。」西恩依舊不依不饒。

張琳一把拉住西恩，張琳應該是看出了我的意圖，她拉了西恩一下後，西恩也不說話了。

「這是什麼呀？」那人接過巧克力，「我還真餓了，這裏每天就給我吃兩頓飯。」

那人說着，拿起巧克力狠咬了一口，隨後咀嚼起來。

「嗯？有點苦，有點甜。」那人幾口就吃完巧克力，「不過很好吃，這是什麼呀？還有沒有？」

「這叫巧克力。」我連忙說，隨後又摸出一塊巧克力，遞給了那個人。

那人一臉興奮，接過巧克力，幾口又吃完了。

「真好吃呀。」那人很是心滿意足地說。

「你叫什麼呀？」我問道。

「我叫貝尼。」那人說道，近距離看他，大概有二十多歲。

「我叫凱文，這是我的朋友張琳和西恩。」我介紹說，「我們在這裏認識，倒是很特殊……你是怎麼被關到這裏的。」

「我？」貝尼變得有點不好意思起來，「我偷吃了首領的早餐，我是首領的侍衛，送餐的時候，我實在忍不住了，比我吃的好多了，我就吃了那麼幾口，可是我們的首領，對吃喝特別敏感，他居然知道分量不足，說他自己沒吃飽，就把我給找出來了……還有，我還說大巫師是個壞人，最後就被關到這裏了。」

「你吃首領的飯？」我有些哭笑不得，「你吃了多少？」

「沒多少，真沒多少。」貝尼叫了起來，「大概……一半多吧。」

「難怪首領說分量不足，你吃了一半多。」西恩喊起來，「確實有點過分。」

「大巫師是壞人，怎麼回事？」我繼續問道。

「大巫師壞得很，當着首領的面，對誰都很好，背着首領時兇得很，又打人又罵人，大家都不敢說，只是我敢說出來，結果被大巫師知道了。」貝尼認真地說，「我就是喜歡說實話，首領的早餐就是被我吃了，我不騙人。」

「這還成了你誇耀的地方了。」張琳搖着頭，很是無奈。

「你們怎麼被抓進來的？」貝尼問，「我從來沒見過你們。」

「我們是別的地方的人，從這裏路過，首領和大

巫師偏説我們是阿萊村的小巫師，我們連阿萊村在哪裏都不知道。」

「嗯，這個小姑娘的紅色衣服，確實像阿萊村的小巫師的，我們這邊沒人穿紅色衣服，我們沒有紅色染料，阿萊村的小巫師的衣服一定是人血染的，穿着這樣的衣服詛咒我們，難怪我們村最近總是打敗仗。」貝尼比劃着説。

「我的衣服顏色是染料顏色，不是人血。」張琳着急地説。

「我可分辨不出來，反正我們這裏沒人穿紅色衣服，除了阿萊村的那個小巫師。」

「你們這邊……村子間總是打仗嗎？」我小心地問。

「你們那裏不是嗎？」貝尼似乎有些不解，「我們這附近七、八個村子，為了爭地盤，一直在打仗，打了幾百年了。這幾年我們運氣不好，好幾次差點被滅掉，首領很着急，很害怕，我們村民也是，要是被

滅掉，我們就要去當奴隸了。」

「噢，我明白了。」我點了點頭，「那你們打仗的時候，巫師也上陣嗎？」

「每個村都有大巫師，有的還有小巫師，打仗的時候巫師不衝鋒，但是在隊伍後指揮，並且唸咒語詛咒對方。」貝尼解釋說，「我們的大巫師最近狀態很不好，所以我們最近總是打敗仗。」

「有一件事，我真的很好奇。」我頓了頓，然後慢慢地說，「你們好像有個……登月計劃，是要到月亮上去嗎？」

「對呀。」貝尼說，「就是要到月亮上去，這有什麼好奇的，全村人都知道。」

「啊？」我吃驚地看看張琳和西恩，他倆也一樣，我又轉頭看着貝尼，「怎麼上去？你們怎麼能到月亮上去？」

「拋石板呀，不過是把石頭換成人，把人拋到月亮上去。」貝尼指了指上方，「大巫師說可以的，把

人拋高一些，當然就能到月亮上去。」

「拋石板是什麼？」我急着問。

「打仗用的，板子一邊固定住，中間放一塊大石頭，另外一邊用藤條拉緊，板子就彎了，把一塊石頭放到藤條這頭，斬斷藤條，板子就彈起來了，把上面的石頭也就拋出去了。登月只不過是把石頭換成人，噢，現在這個我們都叫拋人板了。」貝尼很疑惑地看着我們，「這個你們那裏都沒有？」

「那你們知道這裏和月亮的距離嗎？」我繼續問，「拋石板拋出的石頭能飛多遠？能把人拋到月亮上？」

「大巫師說了，月亮確實遠了一些，但是只要加多藤條的數量，拋石板力量足夠大，就能把人拋到月亮上去。」

「你們……」我聽到這話，非常無奈，也沒辦法向他解釋，「你們……到月亮上幹什麼？為什麼要登月？」

「為了打仗呀。」貝尼晃晃頭，「跑到月亮上，就佔據了制高點了呀，敵人來就能立即發現，還能在上面向敵人的村子射箭，扔石頭，我們這個村就無敵了。大巫師説其實只要登月成功，我們的首領上去向各個村落喊話，他們一看到月亮都被我們佔領了，一定會全部投降。」

「你們這個想法⋯⋯」我知道這根本是無法完成的，我想要阻止他們，但是一時想不起來該怎麼解釋，「我説，這是完全不可能的，月球距離這裏很遠很遠，而且月球⋯⋯還是個圓的，你們就算上去，也站不住。」

「是很遠，不過近大遠小，等我們上去就不覺得小了，距離我們遠所以顯得小。」貝尼滿不在乎地説，「再説我們可以帶上長鐵釘，上去後釘進月球，我們就能扶着鐵釘了，我們又不是上去居住，就是為了射箭，還能上去喊話。」

「那⋯⋯」我被這個村裏的人的想像力驚呆了，

「就算你們上去，怎麼下來呢？」

「那更簡單了，放一根繩子下來呀，很長很長的繩子。」貝尼很是輕鬆地說。

「我告訴你，這是完全不可能的，你們也不要做試驗，不會成功的，你們會被摔死的⋯⋯」我擺着手說。

「我知道，你們害怕了。」貝尼用力點了點頭。

「我們害怕？」我一愣。

「我剛才聽到了，你們要被送去進行登月試驗呀，當然害怕了。」貝尼看看我們，「前幾次都是用小牛做試驗的，都摔死了。」

我們三個聽到這話，都愣住了。這個大巫師一定要把我們送去做試驗，是置我們於死地呀，我們以前可沒有得罪過大巫師，而且我們也不是阿萊村的小巫師。

「真是太可憐了，雖然你們是阿萊村的小巫師，可是這麼小的年紀⋯⋯」貝尼很是惋惜地看着我們，

「你們怎麼就當上小巫師了呢？」

「我們不是，真的不是，我們就是路過的。」張琳連忙說，「哎，你們怎麼就是不信呢？」

「想想辦法吧，看看怎麼能跑掉。我在這裏也就關上幾天，你們可不行了，你們要去試驗的。」貝尼皺着眉說，「我倒是真不覺得你們是壞人，還給我那麼好吃的東西，還有嗎？藏在哪裏了？告訴我，要是你們摔死了，留着那麼多好吃的也沒用，還不如都給我……」

我大概問明了「登月計劃」，我感到這件事很是離奇，村民們確實都相信那個大巫師的，可是大巫師真的覺得用彈性木板就能把人拋到月亮上去嗎？他到底想幹什麼呢？我把張琳和西恩拉到一邊，議論着這個「登月計劃」。

CHAPTER 4

起飛

這時，門口一陣喧鬧，瓦爾帶着一羣人，拿着木棒和長矛，走了進來。

「大巫師説了，現在就把你們三個送去試驗。」瓦爾説着指揮着那羣人，「把石頭搬開。」

「哇，永別了。」貝尼大叫起來，「快告訴我，甜甜苦苦的東西還有沒有了……」

幾個人把大石頭搬開，瓦爾打開了牢門。我則看看張琳和西恩。

「跟他們走，看看到底怎麼回事。」我壓低聲音説，現在應該就是送我們去「登月」的試驗場了。

張琳和西恩點了點頭。我第一個走了出去，張琳和西恩跟上來。瓦爾看到我們都很順從，很是高興。

「他們還小——」貝尼的喊聲傳來，「饒了他們

吧，還是用牛做試驗吧——」

我們被那幫人夾在中間，走了大概十幾分鐘的路，來到了一座小山上，小山高大概五十米，我們走上來的一面坡度比較平緩，另外一邊是崖壁，幾乎有九十度。山的頂部已經被鏟平，上面擺放着一塊寬大的、長長的木板，木板中間有塊人工開鑿了凹槽的巨石，巨石高大概兩米，木板正好卡在裏面。遠看這塊中間被巨石支撐的木板很像是蹺蹺板。

「先把他們押到一邊去，等月亮出來，大巫師就到了，一切試驗的結果，他要親自檢驗。」瓦爾對那幫人説，「還要等一會，我們先調試拋石板，噢，不對，是拋人板。」

我們被帶到了一邊，在一塊石頭旁坐下。有兩個衞兵看押着我們。我們只是被簡單地捆着，瓦爾他們大概覺得我們這三個「小巫師」只能唸唸咒語，所以根本沒把我們放在心上。我們可以輕易逃脱，但是我們就是要看看他們到底會怎樣進行試驗，還有那個大

巫師前來，會進行怎樣的布置。

「拋人板」擺在山頂靠近崖壁的地方，板子旁擺放着很多的藤條，拋人板靠近懸崖的前端，貼在地面上，地面上有幾根木樁，板子被藤條牢牢地捆在木樁上。另外一端的木板，高高翹起，足有四米高，木板兩側各有三個對應的凹槽。木板下的地面，也豎立着木樁，在木板兩側，一邊有三根。

我大概看懂了拋人板的發射原理，其實也很簡單，就是把木板的一端固定，中間墊上石頭，用藤條把高高翹起的另一端拉下來，然後應該是斬斷藤條，人或物就彈射出去。這些村落之間打仗，應該用它來拋出石塊攻擊對方，現在居然被用來「登月」。

「這東西把人發射出去，不是直接就把人摔死了嗎？」西恩看着不遠處的拋人板，「這個大巫師到底要幹什麼？這麼簡單的道理還不知道嗎？」

「而且他們已經摔死過牛了。」張琳很是生氣，「一會就要把我們拋出去了。」

「拋我們的時候，就揍他們，砸了他們的破木板。」西恩恨恨地說。

「讓他們拋，看看他們究竟要幹什麼。」我小聲地說，「這座山五十米高，把我們拋出的高度最多二、三十米，從崖壁邊拋出，落地點一定是崖壁下了，這樣也就是七、八十米的高度，這點高度，我們落地時完全能掌控，一點也不會受傷。剛才那個瓦爾說大巫師會檢驗試驗結果，到時候他會親自來查看我們的死活的，山頂上他們人多，到了山下，大巫師最多帶兩個衞士，我們把大巫師抓住，問個究竟。」

「好的，大巫師一定有某種目的。」張琳點點頭，「雖然這是銅器時代，但他不可能不知道把人拋高一百米是到不了月亮上的。」

「對，他一定在利用自己的巫師身分欺騙那些村民。」西恩跟着說，「遠古的部落，人們都很迷信巫師的。」

我們坐在那裏說着話，看押我們的兩個衞士靠着

石頭，也都說着話，不管我們。遠處，瓦爾和一些人在那裏調試「拋人板」。

我們都很餓了，已經傍晚了，中午飯就沒有給我們吃，不過也沒辦法。又過了一會，天空中已經顯現出了月亮，大巫師在十幾個衛士的跟隨下，來到了山頂上。

「大巫師，我們調試了拋人板，一切正常。」瓦爾跑過去，迎接大巫師，「今天是不是要加上第三根藤條？」

「對。」大巫師點點頭，徑直走向拋人板，「加上第三根藤條，應該就能把人拋到月亮上去了。」

大巫師走到拋人板那裏，動了動木板，然後看看天上的月亮。

「現在開始上藤條。」大巫師看了看身後的那些人說。

幾個人跑到木板那裏，開始忙碌起來，有個人拿着藤條，爬到四米高的木板翹起的那頭，把三根藤條

卡在凹槽裏，藤條垂地後，地面上幾個拉住了藤條，那人爬了下來後，地面上的人一起用力，把木板拉低了兩米多，隨後大家把藤條的一頭綁在了木樁上，這時木板完全呈現出彎曲狀，像是一張彎弓一樣，這塊木板應該是處理過的，彎曲後呈現出極好的彈性，並沒有折斷。大巫師很是滿意地在一邊看着。

天色已經暗了下來，月亮圓圓的，高掛在半空中。大巫師站在崖壁邊，向前看着，並和身邊一個戴着獸皮帽的人商量着什麼，過了幾分鐘，大巫師轉過身來。

「開始試驗，把三個小巫師帶過來。」大巫師喊道。

我們三個被推搡過來，大巫師看了看我們三個，陰險地笑了笑。

「先把他拋上去。」大巫師指着我說，「你就要到月亮上去了，沒去過吧，你要感謝我。」

「我不想去，要去你自己去。」我憤怒地說，

「快把我給放了。」

「大家看看，他一點都不害怕，就是一個小巫師。」大巫師指着我，有些興奮地説，「可惜是阿萊村的，現在就送你上去。」

「帶上這個。」戴獸皮帽的那人走過來，遞給我一個獸皮袋子，「裏面有石錘，還有大鐵釘和繩子，上去後把鐵釘子釘上去，用繩子掛住自己，否則不小心會掉下來，月亮可是圓的。我們會把很多人拋上去的，到時候會有人帶長繩子上去，你們拉着繩子下來，跳到那條河裏。」

戴帽子的人説着指了指崖壁下，崖壁下一百米外，有一條很寬的河，河水流速比較快，河的兩岸有很多樹木。

「你們直接用我們做實驗嗎？萬一我們上不去呢，我們就……」我爭辯地説。

「能上去的，你們不用擔心。」戴帽子的人説道。

「威利，不要和他多囉嗦。」大巫師看着那個戴帽子的威利，很是不耐煩地說，「快點把他拋上去。」

威利把袋子挎在我身上，另外兩個人過來，把我架起來就騎在了木板上，還讓我抱着木板。我抱住了木板，這時候，只見兩個舉着鐵刀、身體異常強壯的人走過來，一邊一個，在木板兩側站好，此時我距離地面將近兩米，我看到那兩把鐵刀不僅寬大，而且極為鋒利，刀刃上閃着寒光。

「你們兩個，動作一定要快。」大巫師對兩個持刀的人說，「一刀下去，把藤條全部斬斷。」

「是。」兩個人一起喊道。

張琳和西恩緊張地看着我，我也有些緊張，儘管有超能力，但是我可是第一次這樣被「發射」出去。

「好了，準備──」大巫師走到木板旁邊，「最後檢查，對準月亮了嗎？」

「對準的是月亮。」威利站在木板下，抬頭用目

光瞄準，還伸手比劃着。

「刀手準備好了嗎——」大巫師又問。

「好了。」兩個刀手一起説。

「一……二……三——」大巫師大喊一聲，「砍——」

兩個刀手舉起了大鐵刀，一起用力揮下去，他倆各砍三根藤條，一個砍木板左側的，一個砍木板右側的。「咔——」的一聲，一共六根藤條幾乎一起被砍斷。

「嗖——」的一聲，擺脱了藤條束縛的木板急速彈起，我被一股巨大的力量拋了出去，我先是被拋高了十幾米，而且就是對着月亮飛上去的，我的飛行軌跡是一條弧線，大概向前飛了五十米後，我開始下落，下落後，我開始調控身體，準備在落地前縱身飛起後再落地，避免直接撞擊到地面上。

轉瞬間，我發現我飛到了河面上，隨後開始快速下墜，我調整了一下姿態，就像是跳水運動員一樣，

一頭扎進了水裏。隨後，我在水裏一轉身，浮到了水面上。

我看向山頂，天已經很暗了，看不清上面的情況，我飛快地游到了岸邊，上了岸，我渾身濕透了，扶着一棵樹，抬頭看着山頂的位置，不過還是看不清。忽然，我感覺對面山崖的一個崖洞裏好像有人影閃過，那個影子非常熟悉，很像是夏佐。我一驚，立即蹲下，小心地看着崖洞。

崖洞黑乎乎的，不再有什麼動靜了。我面前是一大片山崖，山崖下方有幾個崖洞，幾個小的大概不到一米大，最大的那個高足有兩米，那個人影就是從大的崖洞閃現出來的。

這時，天空中有個影子，我立即去看那個影子，只見那個影子劃着弧線落到了水裏，發出「咚」的一聲，我連忙小心地來到岸邊，看着河裏，很快，河裏就浮出一個人，那人飛快地游向岸邊。仔細一看，是張琳。

「嗨——在這裏——」我壓低聲音，揮着手臂，招呼着張琳。

張琳快速地遊到了岸邊，我拉了她一把，把她拉上岸。

「下一個就是西恩了⋯⋯」張琳説。

「噓——」我連忙讓張琳小聲點，「有情況，夏佐好像躲在山洞裏。」

張琳很是吃驚，我們連忙蹲在樹後面。這時，湖水裏又是「咚」的一聲，應該是西恩掉進水裏了。

落水的聲響發出後，我和張琳先向崖洞那裏看去，我們並不擔心西恩落水，他能輕易地從水中躍起。崖洞那裏，又有個人影一晃，似乎是在觀察外面的響動。

「是夏佐。」張琳激動地説，「就是他的身形，抓不抓？」

「等西恩上來，另外，大巫師可能會下來看情況。」我小聲地説。

CHAPTER 5

煙霧

那個影子晃了幾下，不見了，應該是回到崖洞裏了。我和張琳來到岸邊，只見西恩已經游到岸邊，我們把他拉了上來。

「我覺得大巫師是故意把我往水裏拋的，我看他又是瞄準又是定位的……」西恩一上來就說。

「噓。」我連忙做個小點聲的動作，「情況有點複雜，我們看到夏佐藏身的地方了，而且那個大巫師可能要下來看我們的情況。」

「啊？」西恩也驚呆了。

「那邊的崖洞。」我把聲音壓倒最低，「他應該是不敢進村子，躲到這裏了。」

「抓夏佐呀。」西恩激動起來。

「一定要抓，但是先要等一下。」我說道，「大

巫師要下來，等山頂上的人都走了以後我們再抓。」

「那還抓不抓大巫師？我們還要問清楚他為什麼要造這個拋人板呢。」西恩焦急地問。

「先抓夏佐。」我説，「拋人板的事我們再想辦法。」

正在説着話，遠處，傳來了説話聲。應該是大巫師帶着人從山的一側走斜坡下來了。

我們全都一驚，西恩連忙找隱藏的地方，可是我們也不知道大巫師具體要到什麼地方檢驗，藏在樹後也不合適。我指了指樹上，張琳和西恩頓時明白我的意思。

我們縱身上了一棵樹幹粗大、樹枝茂盛的樹。我們站在樹杈上，本來天色就暗，茂密的樹葉遮擋住了我們。

「……大巫師，我保證他們都掉進了河裏。」威利的聲音傳來，「這些天我一直在測試，有這個把握。」

「你都是用石塊和牛羊測試的，我要確認一下真人的效果。」大巫師的聲音傳來。

「放心，你看，我們這一路也沒看見他們，要是落在岸邊，早就摔死了。」威利詭笑的聲音很是令人不舒服，「三根藤條的力度也不可能把他們拋到河對岸去，不掉在河裏，就在我們腳下的岸邊。」

他倆說着話，來到了我們站着的那棵樹下。

「大巫師，你看，這裏正對着山上拋人板的位置，如果沒有掉進河裏，他們就會落在這裏的地上，可是你看，地面上什麼都沒有。」威利說道。

「嗯，看來效果不錯，確實都掉進河裏了。」大巫師很是滿意地說。

「掉進河裏，全都淹死了，那麼高掉下來，扎進河裏，河水又這麼急，活不了的。」威利得意地說，「你設計得沒問題，全在我們計劃之中。」

「很好。」大巫師邊說邊看着周圍，「到時候用稍微粗一點的藤條，就可以用貝尼這個成年人再做一次

實驗，試驗成功，就能把那個胖子拋到河裏了。」

「哈哈哈哈──」威利狂笑起來。

「到上面去告訴他們三個孩子都到了月亮背面了。」大巫師吩咐道，「天這麼暗，他們看不清三個孩子的飛行線路的。」

說着話，兩人回頭走去。不過我們沒有急於下到樹下，我們要等他們徹底走遠再下去。

過了一會，樹下這邊徹底安靜了，山頂上傳來聲音。

「大巫師，那三個阿萊村的小巫師呢？」山頂上，似乎是瓦爾在問話。

「全都不見了，山下面什麼都沒有，你們也可以去看看。告訴大家，我測算過了，他們都到了月亮上去了，我們成功了。」大巫師興奮地向那些人宣布。

「那怎麼看不見呀？」瓦爾連忙問，「你看，月亮上什麼都沒有。」

「笨蛋，我們的力道很大，他們三個被拋到月亮

的另外一面了，就是月亮的背面，背對着我們，你們當然看不見。」大巫師沒好氣地說。

「大巫師預知一切，所以才是我們的大巫師。」威利大喊着，「你們敢不相信大巫師？」

「沒有，我相信。」瓦爾連忙說，「太好了，我們成功了——」

「明天試驗那個貝尼，做最後的確認。」大巫師說，「今天就這樣了，我還要去向首領報告成功呢。」

山頂上很快就平靜下來，看來他們全都走了。我搖了搖樹幹，示意張琳和西恩可以下去了。我最先跳了下來，隨後張琳和西恩也跳了下來。

「陰謀，這裏一定有陰謀。」西恩一下來，就很是急迫地說，「那個威利一定是大巫師的親信，兩人私下確認我們被拋進河裏了，回去卻對大家說我們在月亮背面。」

「我們還要救那個貝尼，明天他要是被拋進水

裏，那就沒命了，他可不是超能力者。」我很是擔心地説。

「嗯。」張琳點點頭，「那個大巫師，到底要幹什麼呀⋯⋯」

「先別管這些。」我説着指了指崖壁方向，「夏佐藏在山洞裏呢，我們把他抓出來。」

我們三個從大樹後走出，彎着腰，借着灌木的掩護，一步步地接近山洞，崖壁上的那個山洞底部距離地面不到一米高，裏面黑壓壓的，夏佐應該不知道我們已經靠近。

慢慢地我們到了山洞口，張琳拍拍西恩，指了指地面，示意西恩守在外面。西恩點點頭，隨後，張琳對我揮揮手，示意我跟她一起進去，我把手錶拿了下來，準備照明。

張琳飛身上了山洞，我跟着進去，一進去，我按下了手錶的一個開關，頓時，手錶散發出耀眼的光芒。

山洞裏不是很大，長不到十米，左右寬大概五米。一個人出現在我們面前，他距離我們不到十米，正躺在一團草鋪成的墊子上，看到耀眼的光芒，他連忙坐起來，並用手捂着眼睛，擋着光。他就是夏佐。

「夏佐，你跑不了了。」張琳指着夏佐，大聲說道。

夏佐站了起來，他略微適應了光線的照射，突然，他彎腰揀起地上的一塊石頭，用力拋向張琳，張琳根本就不躲避，伸手一擋，把石頭撥到一邊，掉在地上。

「啊——」夏佐狂喊着撲了上來，他揮拳猛擊張琳。

張琳迎面出拳，兩個拳頭碰在了一起，夏佐疼得大叫着後退幾步，張琳原地未動，蔑視地看着夏佐。

我衝過去，一邊用手錶的光線照着夏佐，一邊飛出一腳，踢在了夏佐身上。

夏佐被我踢倒在地，他連續翻滾，躲到了一邊。

張琳上前幾步，準備用腳踩住夏佐，夏佐此時則在口袋裏掏着什麼。張琳的腳剛踩上去，夏佐從口袋裏掏出一個圓柱形的物體，比手指略長一些，他拉了一下圓柱體上的一根線，頓時，圓柱體裏冒出濃煙，轉瞬間就充滿了山洞。

濃煙有些刺鼻，關鍵是煙霧充滿在山洞裏，我和張琳頓時什麼都看不見了。夏佐早有準備，濃煙剛冒出來，他就捂住了鼻子。隨後在地上連着滾了幾下，滾到了洞口。張琳感覺夏佐跑了，但是不知道夏佐跑到哪裏去了，我們連洞口在哪裏都看不清。

夏佐翻滾着到了洞口，隨後起身，慌忙向外跑去。他剛跑出洞口兩、三米，守在洞口的西恩看到了夏佐的身影，濃煙在山洞裏很濃，但是出了洞口就飄散開了，所以西恩能看清夏佐。

「嗨——」西恩大喊一聲，飛起來一腳，重重地踢在夏佐的腰上。

夏佐慘叫一聲，他不知道門口還有埋伏，本以為

已經逃脫。夏佐被踢倒在地上，他想爬起來，西恩上去，又是一腳，夏佐痛苦地滾到了崖壁邊，西恩衝過去按住了夏佐。夏佐掙扎着想起來，但是沒有用。

我和張琳摸着石壁走了出來，出來後，空氣總算是新鮮了，我們兩個大口地呼吸。不過這時候山洞裏的煙霧也減少了，夏佐剛才使用的是掩護逃脫的微型發煙罐。

「抓住啦，抓住啦。」西恩興奮地説，他還是在那裏按着夏佐。

「放了我，我給你們錢。」夏佐哀求起來，他知道自己跑不了了。

「不要你的錢，我窮得就剩下錢了。」西恩笑着，嘲諷地説。

「別跟他囉嗦，捆起來。」張琳説着掏出一根繩子，走過去把夏佐捆了起來。

我們把夏佐推進到山洞裏，山洞裏的煙霧基本散盡了。西恩最後一個進來，進來的時候，他謹慎地觀

察了四下，外面靜悄悄的，只有遠處的河水在湍急地流淌。

「夏佐，你怎麼躲到這裏了？」我問道，張琳已經把夏佐推着坐到了地上，她還把自己的手錶放在一塊石頭上，按下手錶上的照明開關，整個山洞裏變得亮了起來。

「我……我跑到這裏後，看到有個村子，可是我不敢進去，因為我穿着這身夾克，我看那村子外觀，距離現代有幾千年了。」夏佐低着頭說，「要是引起村民注意，我又解釋不清，就麻煩了。」

「你原本就準備穿越到這裏的嗎？」我又問。

「不是，我想穿越到史前時代躲幾天，沒想到你們追上來，我一慌，隨便找個地方跳出通道。」夏佐垂頭喪氣地說。

「還有呢，當時在倫敦的那間銀行，你不是進去取錢嗎？怎麼立即就出來了？」張琳大聲地問，「你說，是不是又什麼人給你報信？」

「不是，真的不是。」夏佐抬頭看着張琳，「我確實要在提款機上提款，可進去就看到上面寫着『本行設備維修中，提款機暫停使用』，我立即就出門了，結果在門口看到了你們，我的直覺告訴我，你們是特種警察。」

「你的直覺可真準。」張琳不屑地説，「你的直覺沒告訴你，打劫珠寶店是違法的嗎？」

夏佐低下頭，不説話了。

「老老實實在這裏坐着。」張琳嚴厲地説，「要是想逃跑，小心點──」

「不跑，我不跑。」夏佐連忙説。

CHAPTER 6

採漿果

　　夏佐坐在那裏，我們三個來到了山洞口那裏，我們要商議下一步的行動。

　　「要先把夏佐送回去，我們再回來，必須救那個貝尼。」西恩説道，「貝尼就是這個時代的一個普通人，救了他影響不了什麼歷史，我們不能等着他被拋進水裏。」

　　「確實要救他，可是我們是借用夏佐的穿越通道來的。為了防止他逃跑，我們還把他的通道給毀了。」張琳有些着急地説道，「我們自己的穿越通道現在還無法開啟，回不去呀。」

　　「西恩一會再去問一下總部，請他們加快修理的進度。」我想了想説，「既然短期內也回不去，我們就在這裏隱蔽着，明天他們會把貝尼拋進河裏，我們

要救貝尼，不用去搶貝尼，那樣會和他們打鬥的，讓他們把貝尼拋下水，我們在水裏接住他。」

「好，這樣也能救貝尼。」張琳點了點頭。

「現在有個問題，大巫師建造拋人板『登月』這件事，背後一定有不可告人的目的，剛才他和那個親信威利説話時，提到了一點，我覺得很關鍵，就是他們説『把胖子拋進水裏』，你們聽到這句話了吧？」

「我聽到了。」西恩也想了想，「大巫師是這樣説過。」

「你們覺得『胖子』指的是誰？」我問道。

「這個……」西恩和張琳全都皺着眉，隨後搖了搖頭，「村子裏的胖子可能有幾個，但是……」

「我推斷，有可能是首領。」我一字一句地説。

「啊？」西恩先是一愣，「首領確實很胖，可是大巫師為什麼要把他拋進水裏呢？」

「這要問問大巫師了。」我看着西恩和張琳，「這個大巫師一步一步的試驗，應該是表演給人看

的，看上去很是嚴格，很是正規，最後的目的，應該就是把首領引導進來，最後把他給陷害了，大巫師是有計劃的。」

「真是難以想像。」張琳說道，「不過你這樣一說，好像真是這樣的。」

「明天大概這個時候，我們要注意了，不僅僅是貝尼，有可能首領也會被帶來。」我繼續說。

「首領要被拋進水裏？」西恩驚異地問。

「根據大巫師和威利說的話，很有可能。」我的語氣很是肯定。

「這個大巫師……難道是在算計要害了首領？」張琳似乎是不敢相信我的推斷，「用了這麼一大套計劃？」

「大巫師有着縝密的計算。」我看看張琳，「不過一切都要慢慢找到答案，明天先救了貝尼再說……我們目前有着重要的事。」

「什麼事？」西恩和張琳一起問道。

「吃飽飯。」我簡單地説。

「啊呀，你這麼一説，我感覺都要餓暈了。」西恩叫了起來，「穿越過來，還被關到牢房，現在一點吃的都沒有吃呢，可是去哪裏找吃的呀？難道還要進村子？」

「那樣風險太大。」我搖搖頭，「剛才過來的時候，我看到了灌木叢，我們只能多採一些漿果了。」

「這裏是銅器時代，我們要變成原始人了。」西恩很是不開心地指着村子的方向，「依靠漿果為生。」

説歸説，西恩和張琳向外走去，準備去採漿果。

「給我也採一些，我也沒吃飯呢。」夏佐坐在一邊，大喊起來，「被你們追了半天，躲在這個洞裏不敢出去，結果還是被你們抓到了，我可真悲慘呀……我喜歡吃藍莓。」

「還挑三揀四呢。」西恩沒好氣地説，「找到什麼你就吃什麼……」

西恩和張琳出去採漿果了，我在山洞裏看着夏佐。我用手錶上的通訊系統聯繫到了總部，他們説修理好我們的穿越通道，開啟功能還在進行，他們已經在加快進度了。

過了足有一個小時，我都等得有些不耐煩了，張琳和西恩終於回來了，他們用西恩的外衣，兜了很多漿果回來，據他們説沿着河岸走了很遠才找到一大片漿果成熟的灌木叢。漿果大都是藍莓果，這倒是符合夏佐的口味了，他吃得比我們誰都多，採回來的堅果一會就被我們吃光了，大概算是解決了飢餓的問題。

晚上，我們就住在這個山洞裏了，我們在洞口鋪上草，躺在上面，夏佐躺在裏面，我們這樣就是要防範夏佐逃跑。不過早上醒來的時候，我們都醒了，夏佐一直睡到十點多才起來，一起來就喊着説要吃漿果，我和張琳早上採了很多，又給夏佐差不多吃光了。

「你們三個看上去很不滿意呢。」夏佐擦着嘴。

因為感覺他幾乎沒有逃跑的意圖，而且在這個島上，他的穿越通道又被毀掉，跑也跑不到哪裏去，我們已經不再捆着他了，「不就是吃了一點漿果嗎？」

「一點嗎？留着當午飯的漿果也給你吃了。」西恩抱怨起來。

「就是，又不是你採的，我的手都扎破了。」張琳也很是不高興。

「你們還住着我的房子呢，我還沒和你們要房租呢。」夏佐也是毫不客氣，「你們多管閒事，要救這個救那個的，現在不也住在我的房子等機會嗎？」

「這山洞是你的房子？」張琳吃驚地説。

「當然，我先發現的，我是業主。」夏佐搖頭晃腦地説，「把我的穿越通道給毀了，我還沒跟你們要錢呢。」

「你的歪理還一套一套的呢。」西恩指着夏佐，「你不去加入毒狼集團，不去搶劫珠寶店，我們抓你幹什麼？你覺得我們很想來這裏嗎？」

「我也是沒辦法呀，我也是有理想的，可是後來沒實現呀，我沒錢呀……」夏佐比劃着說，還是一副理直氣壯的樣子，「我就去搶劫珠寶店……」

「夏佐，你這個面對問題的態度，哎……」我說着歎了一口氣，「沒錢就一定都去搶嗎？都像你這樣，世界不就亂套了？你二十多歲，有手有腳，身強力壯，隨便找一份工作？最起碼的，不用每天擔驚受怕被抓呀。你搶走了不少鑽石，值很多錢，可是你仔細想想，有了這些錢，你真的就變得快樂了？幸福了？」

「我……」夏佐還想說這麼，不過愣在那裏了，隨後他低下頭，聲音小了很多，「小小年紀，還很會教訓人呢。」

「夏佐，我想問問你……」西恩很是好奇地看着夏佐，「你說你也有理想，你的理想是什麼？」

「珠寶設計師。」夏佐看看西恩。

「差距這麼大，最後變成打劫珠寶店的了。」

西恩大叫起來，「還真是，你倒是沒有離開這個行業……」

「行了，你就別再嘲諷他了。」張琳説着拉了拉西恩。

夏佐不説話了，靠在石壁上，一副無精打采的樣子。張琳和西恩又出去採漿果了，我和夏佐就這樣坐在山洞裏，誰都沒有説話。夏佐好像是在思考着什麼。過了好一會，張琳和西恩回來，他們又採了一大堆漿果，張琳專門把藍莓果挑出來給夏佐吃，夏佐吃起來還是毫不客氣，但是沒有那麼多話了。

下午的時候，我和張琳到了山頂，山頂上，拋人板還豎立在那裏，不過周圍沒有一個人，部落的村民們要到月亮出來時才會來。我們來這裏的目的，是要把張琳的手錶隱藏在這裏，打開攝影鏡頭，把月亮出來後這裏發生的情況，轉播到我們在下面的山洞裏。

我們找了一個合適的位置，就在一塊石頭下，我們先挖了一個小坑，把錶帶取下來，錶體埋進去半

截，攝影鏡頭對着拋人板那裏，張琳走到拋人板旁邊，我通過自己的手錶，能看見她，也能聽見她說話，我們把張琳手錶的語音功能設置成靜音，這樣我們的話從手錶裏傳送不出來，布置成功，我們回到了下面的山洞裏。

「我們都回不去了，你們還忙着救別人。」夏佐看到我們回來，抱怨起來，「我說，你們的穿越通道什麼時候修好？我跟你們回去，寧可關起來，也不要在這裏一天到晚吃果子了，我又不是松鼠。」

「你的話可真多。」西恩瞪着夏佐，「在你們那個什麼倒霉組織，啊，毒狼集團，你都是話多的吧？」

「你怎麼知道？」夏佐驚奇地看着西恩。

「這還用問？」西恩很是無奈地說。

「好了，我們再去採些漿果吧，晚上我們有得忙了。」張琳說着把夏佐推到裏面，「坐進去，你現在是我們的俘虜，明白嗎？」

西恩和張琳出去,又採了很多漿果回來。我們很快吃完,這東西只能充數,當然比沒有要強。我們現在就是要先救了貝尼,還要等着穿越通道的修復。

下午的時候,我隨時都注意着手錶裏傳出來的聲音。終於,快到傍晚的時候,手錶裏傳出來説話聲,我們立即觀看,只見手錶顯示出來的熒幕上,瓦爾帶着十幾個人,懶洋洋地來到山頂上,有個人還搬了一把椅子,把椅子放在拋人板不遠處。這些人到了以後,三個一羣五個一夥地在那裏説着話。

此時,天色剛剛暗下來不久,天空中的月亮也剛剛顯現出來。又過了幾分鐘,貝尼被兩個人帶到了山頂上。

「嗨,貝尼,一會你就要去月亮上了,那三個小巫師已經到了月亮背面了。」瓦爾看到貝尼,興奮地説。

「瓦爾,你今後要老實點,要對我好,否則我在月亮上對着你扔石頭,我口袋裏帶了幾塊石頭。」貝

尼也很興奮，他一點也不知道自己面臨着什麼。

「偷吃首領的東西，還說大巫師壞話，結果你先去月亮上，真是便宜你了，我想去都去不了。」瓦爾的語氣居然充滿了遺憾。

「你也可以呀……」貝尼笑着說。

「我可不敢說大巫師的壞話。」瓦爾連忙擺着手說。

「瓦爾，我不會掉到地上去吧，那樣我就摔死了。」貝尼這時忽然有點不放心地問。

「不會的，昨天的試驗很成功。」瓦爾比劃着說，「三個阿萊村的小巫師全都拋到月亮上去了，要是掉在山下早被發現了。」

「萬一掉到河裏呢？山下往前有條河的。」貝尼又說。

「那不可能三個人全都被拋到河裏了。」瓦爾擺擺手，「三個人體重不一樣，如果落地，位置不可能都一樣，大巫師和威利去看過了，地面上一個

人都沒有。」

「嗯，這我就放心了。」貝尼又露出了笑容。

「首領到——」一個聲音大聲傳來，「大巫師到——」

CHAPTER 7

一根木椿

山頂上的人聽到這個聲音，立即列隊站好。隨後，首領興高采烈地在大巫師陪伴下走上山頂。

「怎麼樣？現在就把我拋上去對嗎？來呀，馬上……」首領興奮地走向拋人板。

「請稍等，請稍等。」大巫師連忙攔着首領，「昨天拋上去三個孩子，和成人的體重不一樣，一會我們換稍粗一點的藤條，先把貝尼拋上去，如果成功，再把您給拋上去。」

「快點啊，我都等不及了，等我上去，讓各個村子的人都看到我在月亮上，看他們誰還敢來搶我們的地盤。」首領得意洋洋地説，「我還要帶上我的弓箭上去，我要射阿萊村的那幫傢伙，他們要是反擊，我就爬到月亮背面去，哈哈哈……」

「沒錯，您只要一上去喊話，他們各個村看到，那就全投降了。」大巫師連忙說，他把首領引到座位上，讓首領坐好，「這一步步的試驗，從不成功到成功，真是艱難呀，不過還好成功了，我們把貝尼拋上去，然後你就去。」

「確實不容易，大巫師，你辛苦了。」首領滿意地看着大巫師，「對了，昨天上去的那三個小孩子，怎麼還不從月亮背面出來呀？」

「他們一定記恨我們呢，他們可是阿萊村的，我倒是叫他們要是到了月亮背面，就爬到正面來。現在看他們不聽我的話。」大巫師恨恨地說，「首領，您要是上去，把他們揍一頓，放心，我已經解除了他們的巫術能力了。」

「嗯，很好。是要揍他們……啊，他們不會已經跑了吧？」首領忽然問道。

「不會，上去的時候沒有給他們配長繩子，他們不敢直接從月亮上往下跳。」大巫師搖搖頭，「您上

去就不一樣了，等您喊完話，我們會再拋人上去，帶着長繩子，你可以沿着繩子下來，如果不夠，我們再拋一根上去。」

「太好了，嗯……再看一次成年人的試驗，我確實才會真的放心。」首領點着頭說，「拋那麼高，想想也很可怕。」

「所以我們才要一次一次地試驗，就是為了保證您安全地登月。」大巫師連忙說，「放心吧，我們對貝尼的試驗，就是為了保證您……」

說到這裏，大巫師忽然壓低了聲音，並把頭湊過去。

「……萬一貝尼摔下去，我是說萬一，那也是對貝尼偷吃您早餐的懲罰，這個饞鬼……」

「不太好吧？」首領愣了愣，「關他幾天就差不多了，也就是偷東西吃，他也沒幹別的壞事。」

「放心，他不會有事的，昨天我們已經試驗成功了。」大巫師笑了，「今天我們也會對他有所防

護。」

大巫師説着，走到了拋人板那裏，他看了看貝尼，叫人把貝尼帶了過來。

「最後的試驗——開始了——」大巫師喊道，「把拋人板繃緊，準備發射——」

幾個人走過去，把拋人板用藤條拉了下來，三根藤條全都捆在木樁上。

「你，爬上去。」大巫師看到藤條被固定好，指着貝尼説。

貝尼順從地爬了上去，他緊緊地抱着木板，等待着被拋上月亮。

「威利，把那根木樁拿來，給他捆上。」大巫師看了看威利，「你親自拿來給他捆上，捆結實點。」

「大巫師，怎麼還捆一根木樁？」首領有些詫異地問。

「首領，是這樣的。」大巫師湊過去，很是神秘地樣子，「如果拋射不成功，貝尼要麼掉在地上，

要麼掉在河裏，如果掉在地上，我們能看見。掉進水裏，他就淹死被水沖走了，我們就看不見了，萬一他也被拋到月亮背面，我們也不知道他是被水沖走還是登月成功，給他一根木樁，萬一落水，他能抱着木樁游上岸，我們也就知道試驗失敗了⋯⋯昨天那三個孩子，都是阿萊村的壞蛋，所以我沒給他們配木樁。」

「嗯，想得真是周到。」首領點着頭，一副滿意的樣子，「不過⋯⋯要是落在地上，他就摔死了。」

「首領真是仁慈。」大巫師滿臉堆笑，「這是不會發生的，我們試驗多次了，拋上月亮沒有問題，我們這樣做就是以防萬一，畢竟接下來要把您拋上去。再説啦，貝尼先做這個實驗，也是懲罰，誰讓他偷吃您的早餐的，噢，多麼美妙的一頓早餐，多麼美妙的一個早上，都讓他破壞了！」

「嗯，有點道理。」首領點着頭，「再讓他帶一些吃的上去，昨天上去的三個孩子，應該很餓了。」

「是。」大巫師立即説。

我們在山洞裏，通過手錶把這一幕看得清清楚楚，由於熒幕小，夏佐也硬擠着看，被西恩推到了一邊。

威利往貝尼身上捆了一根長一米的木樁，大巫師又叫威利給貝尼身上挎了一個裝着食物的獸皮袋。

「準備——準備——」一切布置妥當，大巫師指揮着，「對準月亮，準備發射——」

人們都站到一邊，兩個拿着大鐵刀的刀手走了過去，站在了藤條旁邊。

「刀手準備好了嗎？」大巫師喊道。

「準備好了——」兩個刀手一起答應。

這時，我和張琳出了山洞，向河邊走去，我們準備把落水的貝尼拉上來，大巫師居然給了他一根木樁，但是僅憑這根木樁，他游上岸應該也比較困難。

「一……二……三——」大巫師的手高高舉起，隨後用力放下。

「咔——」的一聲，兩個刀手一起向藤條砍去，

六根藤條剎那間被一起砍斷。木板把貝尼狠狠地摔了出去。

「啊——」貝尼在空中大叫着，他的聲音響徹了整個山地。

我們已經站在了河邊，此時的天色已經暗了下來。貝尼最初確實是對着月亮飛行，但是飛出去近百米後，開始墜落。天色昏暗，山頂上的那些人根本就看不清貝尼是不是飛上了月球。

「咚——」的一聲，貝尼重重地掉進水裏。我和張琳等着他浮上來，但貝尼一直沒有上浮。

「啊——糟糕——」我忽然想到有問題，「下水救人——」

我説着就一頭扎進水裏，我想到那根木樁應該有問題，大巫師原本目的就是要淹死貝尼並讓他被水沖走，怎麼會真給他一根木樁救他呢。

張琳隨後跳進水裏，我打開手錶的照明開關，看到了直沉水底的貝尼，那根木樁根本就沒有起

一點作用。

　　貝尼已經嗆水昏迷了，我和張琳抓着他，用力地向上游，我們浮到水面，隨後上了岸。

　　我把木樁解下來，發現這根木樁的重量極重，根本就不是一根木頭的重量，我看了看木樁兩頭，發現了奧秘，木樁的一頭，其實有個洞，外面塞了一個木塞，我把木塞拔下來，裏面倒出來很多鐵砂。

　　張琳擠壓着貝尼的胃部，貝尼吐出來很多水，隨後開始有了意識。

我把木樁拋進水裏，隨後拉起了貝尼。

「快把他帶進山洞，大巫師他們會派人來查看的。」

我和張琳拖着貝尼向山洞跑去，西恩看到我們，把我們接應了進去。我們把貝尼放到地上，貝尼大口地喘着氣，我則把那塊當做照明用的手錶的燈熄滅。

　　「……都看仔細點……」瓦爾帶着三、四個人走了下來，他低着頭，邊走邊說。

　　他們來到了河岸邊，隨後轉到岸邊的地面區域，查看着。

　　西恩和張琳守在山洞口，警惕地聽着外面的動靜，我則在山洞裏面，看着手錶熒幕，我把聲音調得很低。

　　「……首領，經過我推算，貝尼現在已經成功地到了月亮上了，不過我們用力稍微大了一點，他也到了月亮背面，和昨天那三個孩子匯合了。」大巫師在山頂上，眉飛色舞地對首領說。

　　「好，太好了。」首領也很是開心，他看着月亮，「你們繼續用三根藤條，我會拋到正面的，我比貝尼可重很多。」

「沒問題，力度和距離我都推算過的，保證把您送到月亮正面上，大家都能看見你，不過可能看不太清，畢竟距離很遠。」大巫師很是認真地解釋着，「所以你喊話的聲音一定要大，否則阿萊村的那幫傢伙聽不見。」

「聽不見我就用箭射他們，看他們今後老實不老實。」首領氣呼呼地說，「總是和我作對，還有希利村的那幫傢伙……」

夏佐在我身邊，看着熒幕，這回沒人和他搶位置了。這時，張琳跑了過來。

「凱文，他們上去了。」

「好。」我點點頭。

瓦爾帶着那幾個人返回山頂，不一會，他們出現在熒幕上。

「報告首領——」瓦爾回去後，站到首領面前，「我們在河岸邊和地面上，全都檢查過了，沒有發現貝尼，如果他掉在地上，我們會發現，掉在水裏他能

抱着木樁上岸，但是我們都沒看到，貝尼現在應該就在月亮上。」

「真是太好了。」首領說着站了起來，「真的是到月亮上了。」

「首領，貝尼偷吃您的早餐，結果還能成為我們這裏第一個登上月亮的人，這不公平……」

「好啦，等我先上去，叫大巫師把你也拋上去。」首領說着就跑向拋人板，「該我了，該我了。」

「首領，別忘了您的弓箭。」大巫師把首領的弓箭袋拿上，追着首領。

「噢，我太激動了。」首領接過弓箭袋，「我就要到月亮上去了——」

首領背上弓箭袋，幾個人已經換上新的藤條，把木板拉了下來。木板下有一張高高的木椅，貝尼也是踩着這個木椅爬上去的。首領在眾人的攙扶下，站上木椅，爬上了木板，抱着木板，一臉的興奮。

「首領，一會我也上去，帶着繩子上去，讓周圍那些村子知道我們的厲害，您就可以下來了。」大巫師仰着頭，對抱着木板的首領説。

「好，快點，把我們的人都拋上來。」首領連連點頭，「快點砍斷藤條，我要到月亮上去。」

大巫師讓周圍的人閃開，兩個刀手站在藤條邊。

CHAPTER 8

以為在月球上

「這個大巫師應該是要害死首領。」我看着手錶熒幕上的現場直播，「西恩，我們去河邊，首領就要被拋下來了。」

我和西恩出了山洞，向河邊跑去。

「對準月亮——準備——」大巫師説着用力揮手，「一⋯⋯二⋯⋯三——砍斷藤條——」

兩個刀手揮起大鐵刀，用力地向藤條砍去，兩側一共六根藤條一起被砍斷，木板立即彈起。

「啊——」首領大叫着，被彈起的木板拋出，向着月亮飛去。

首領先是對着月亮飛了一段距離，隨後急速下落。此時，天已經黑了，山頂上的人看不見他的飛行軌跡。

「咚——」的一聲，首領重重地砸進了水裏。我和西恩連忙跳進水中營救，首領從上百米的高處掉進水裏，扎下去很深，其實他一接觸到水面，基本已經被強大的衝擊力給震暈了，他落水後已經失去了意識，我和西恩如果不把他拉上來，他會很快溺水並被沖走。

我們進入水中後，用力向下游，在我的手錶燈光照明下，我們找到了首領，我和西恩各拉着他一邊手臂，浮到了水面上。

我們拖着首領上了岸，隨後快速向山洞走去。進到山洞裏，我們把首領平放在地上。張琳立即擠壓首領的胃部，把水壓了出來。首領慢慢地恢復了一些意識，但是還躺在那裏，身體微微動着。

「首領，首領——」貝尼在首領身邊，搖晃着他。此時的貝尼已經基本恢復了，張琳也把大巫師陷害他的情況簡單地説了説，貝尼聽到後非常震驚。不過看到首領隨即被拋下來，還被我們救上來，貝尼相

信了我們。

「啊……啊……」首領微微睜開眼睛，緩緩地說道，他看見了貝尼，精神一振，「貝尼，貝尼，真的見到你了，你果然在月亮上，我也來了，我成功了，這就是月亮呀……」

「首領，這不是月亮，大巫師在陷害我們。」貝尼抓着首領的手，激動地說。

「大巫師……陷害我們……」首領睜大了眼睛，他忽然感覺到什麼，「我的衣服上怎麼都是水……啊，我剛才掉進水裏了，我落水了……」

「我們根本就到不了月亮上，我們被算計了，拋進水裏……」貝尼激動地說，「我剛才被綁着一根木樁，木樁被掏空後，裏面都是鐵砂，表面看起來大巫師是怕我落水，給我的防護，實際上他就是要把我沉到水底，接下來是您，木樁是威利獨自給我捆上的，因為木樁很沉，威利和大巫師是一夥的……」

「你這個偷東西吃的傢伙，不許誣陷大巫師。」首領坐了起來，「喂，你們怎麼也在這裏？阿萊村的小巫師……」

「大巫師不是告訴你我們在月亮背面嗎？」西恩說道，「你自己看看吧，我們在哪裏。」

這時，遠處有聲音傳來。我們立即關閉了手錶上的燈光，張琳小心地守在洞口。

「沒看見——」一個聲音傳來，「瓦爾——這裏沒有——」

「我這邊也沒有首領——」瓦爾大喊着，「快過來，我們回去——」

很快，外面沒有聲音了。來下面看情況的瓦爾等人都走了，我按下了手錶的照明開關，山洞裏亮了。首領已經站了起來，他一頭霧水，剛才還想出去，被西恩和貝尼緊緊拉住。

「……這整個事情都是一個圈套……」張琳向首領解釋着，「你們根本就到不了月亮上，大巫師那個

木板最多把人拋幾十米，嗯，就是……兩、三棵大樹那麼高，可是這裏到月亮的距離，走路的話，一年也走不到，木板怎麼可能把人拋上去呢？我們不就在這裏嗎？這就是山下，前面那條河就是你在山頂看到的那條河。」

「為什麼？大巫師為什麼要這樣做？」首領激動地揮着手。

「大巫師要說話了——」我一直看着手錶熒幕，剛才大巫師等人正在等待瓦爾，瓦爾這時剛上到山頂。

大家連忙都擠向我，我則把手錶拿着給首領看，首領看到熒幕裏的大巫師，一臉驚奇。

「大巫師，山下沒有首領。」瓦爾說道，「首領一定被拋到月亮上去了。」

「應該是，但是他現在應該翻過來，到月亮正面位置對阿萊村喊話了，或者用箭射阿萊村。」大巫師很是沉重地說，他的臉色突然一驚，「啊呀，我算

出來了，首領確實到達月亮了，但是他應該是翻越到正面的時候掉下去了，是掉進河裏的，啊，首領淹死了，一定淹死了——」

「啊？」在場的人們都驚呆了。

「亂説——我還活着——」首領聽到這話，激動地揮着拳頭，「我就在山下——」

「小點聲。」張琳連忙拉了拉首領，「這傢伙沒説完了，看他的表演。」

「首領死了，死了——」大巫師説着，大哭起來。

「哇——哇——哇——」在場的人們全都大哭起來。

「這可怎麼辦呀？」大巫師邊哭邊説，「首領呀，怎麼這麼不小心呀？很容易就能翻到月亮正面呀，獸皮袋裏不僅有弓箭，也有錘子、繩子和大鐵釘呀，很容易就能把自己懸掛住呀⋯⋯」

「大巫師，阿萊村的人要是知道首領沒有了，一

定會攻打我們的。」威利哭着走過來，「我們村會被踏平的。」

「是呀，沒有首領了，怎麼辦呀。」大巫師也很着急，説着他看了看威利。

「我看你來當我們的新首領吧，本來你就是我們這裏的副首領，現在首領不在了，你就是我們的首領。」威利大聲地喊起來，「為了我們村子的安全，你就帶領我們出戰阿萊村吧。」

「這個……」大巫師想了想，「為了我們村子的安全，我就當首領吧，我們不能沒有首領呀。」

「大巫師，你説得沒錯，你就當我們的新首領吧。」瓦爾在一邊説道，「阿萊村的人確實説打來就打來。」

「嗯，你也這樣認為，很好。」大巫師誇讚地看着瓦爾，隨後站到了首領的椅子上，「大家聽好了，現在我就是新首領了，大家都要聽我的，我會帶着你們出戰各個村子的，阿萊村休想佔領我們村

子，因為我們的新首領，就是我，我能帶好這個村子的。」

「首領——首領——」在場的人都向大巫師歡呼着。

大巫師很是滿意地跳下座椅，還有幾個人在那裏歡呼。

「我任命威利為我們村子裏的副首領，瓦爾，你來當士兵隊長。」大巫師指着瓦爾說。

「我本來就是呀。」瓦爾一臉疑惑地說。

「啊，忘了。」大巫師笑了笑，「你來當副副首領兼士兵隊長。」

「謝謝首領，謝謝首領。」瓦爾連忙說。

山洞裏，首領情緒激動，揮着拳頭。

「他、他這是有預謀的，他就是要害死我，這一切都是為了害我，威利是大巫師同夥，瓦爾是上當的……我身邊有很多衞士，他不敢直接害我，才會這樣。」

「那當然了，隨便就弄一塊木板讓你上去，你一定不肯去的。」我看着手錶熒幕説，「一步一步的，一切都和真的一樣，就是想你自願地到木板上，最後把你拋進河裏，他才能當首領。」

「你們，你們到底是誰？這都是怎麼回事？」首領指着我的手錶，「這裏怎麼會出來大巫師的樣子，還能説話，你們這幾個小孩怎麼有這麼厲害的巫術？」

「我們不是什麼阿萊村的小巫師，我們只是有各種各樣的辦法，我們和一般人就是不一樣，説了你也不懂。」我關閉了手錶熒幕，「這些都不重要，關鍵是你現在不是首領了，大巫師取代了你，我看你不去説清楚，以後連村子也別想回了。」

「啊，不行——」首領叫了起來，「我的夫人還在村子裏，我的孩子也在村子裏，我的村民們，我才是首領……你們要幫我，求你們了……」

「走吧，去追大巫師，他們要下山了。」我指

了指外面，「我們幫你，現在就去說清楚，還來得及。」

「走呀——」首領說着就向外走。

貝尼和西恩連忙跟上，張琳則看看我，指了指夏佐。

「他怎麼辦？」

「我也去，我也去，穿越通道都沒有了，我只能跟你們走。」夏佐很是着急的樣子，他指了指前面的首領，「這個傢伙還真是可憐，被人扔進河裏，首領位置也丟了，我也看不下去了。」

「走吧。」我點點頭，我們還真是不怕夏佐逃走，我們已經告訴他了，他自己非常清楚，穿越通道被我們毀了，他哪裏都去不了。

我們大家一起向山頂跑去，我們來到山頂的時候，大巫師他們已經不見了，向山下看去，隱約看見一些黑影在向村子走去。

「追——」我揮了揮手。

大家一起追去，快到村口的時候，我們追了上去，首領跑在第一個，他很是激動。

　　「站住——站住——」首領大喊着。

　　那羣人全都站住了，他們回頭看，發現是首領，頓時都愣住了。

　　「首領？你怎麼？」大巫師看着首領，驚呆了，他忽然發現了跟上來的我們，臉色完全變了，「啊，大家注意——這個人不是真的首領，真的首領已經從月亮上掉進河裏淹死了，這個人是阿萊村的小巫師用巫術變出來的……」

　　「大巫師，你……」首領頓時氣得渾身發抖。

　　「大巫師，他就是我們的首領呀。」瓦爾走過來，小心地說，「你看他的樣子，還有說話的聲音……」

　　「你閉嘴——」大巫師打斷了瓦爾，隨後指着貝尼，「大家看看，這個貝尼偷吃首領的早餐，被關起來了，後來被我們拋上月亮。這傢伙應該也從月亮上

掉下來了，但沒有淹死。不過他怎麼可能和首領在一起呢？所以說首領是假的，這都是阿萊村小巫師設計的。」

「哇——哇——」貝尼指着大巫師，「你這個騙子——」

「我才是首領，你們剛才認可了。」大巫師看着那些武士，「我是巫師，我推算出來了，首領已經死了，這個是假的，你們要服從我。」

「我們都聽你的——」威利立即說道，「你是新首領，那個是假的，首領和誰在一起都不會和貝尼在一起的……」

「我……聽你們……」瓦爾有些猶豫地看着大巫師說。

「瓦爾——你這個笨蛋——」大巫師指着瓦爾，大叫起來，「我以前覺得你稍微有點笨，現在看來是很笨——」

「哇——哇——」瓦爾叫了起來，他指着首領，

「你這個假首領，你是騙子——」

「不和他們囉嗦了，把他們都抓起來——」大巫師手一揮，指揮着那些人攻擊我們。

「我還沒打你們呢，還敢打我——」首領氣得大喊，他也揮揮手，「給我上——」

CHAPTER 9

七百多個武士

看着那些撲上來的人，我和張琳、西恩帶頭迎了上去，我們雙方打在了一起，交手沒一分鐘，那些人就發現根本打不過我們三個。我們這邊，貝尼和夏佐也衝上來幫忙，那些人且戰且退，來到了村子邊的石牆前。

村子裏，有很多的武士，此時都聚集起來，拿着刀槍和弓箭跑過來。而大巫師確實也有些手段，他站在石牆前，對着我們揮動雙臂，還唸着咒語，一股股強大的氣流吹向我們，我們本來還想衝進村裏，此時不得不掩面後撤。

張琳取出霹靂劍，氣流散盡，我們再次衝上去，只見石牆前已經聚集了近百人。

「現在我是首領了——」大巫師指揮着那些人，

「外面那個是阿萊村派來的假首領，真首領掉進河裏淹死了，你們全都聽我的——」

「聽大巫師的，他現在才是首領——」威利高聲附和着。

「是，大巫師是新首領。」瓦爾也喊着，只是聲音沒有那麼大。

「大巫師是壞人——」首領指着石牆前的大巫師，「不要信他……」

張琳揮着劍衝了上去，石牆前的人則全都聽從了大巫師的指揮，他們紛紛舉起弓箭。

「嗖——嗖——嗖——」無數枝箭射向衝在第一個的張琳，張琳連忙揮動霹靂劍撥開那些箭枝。有些箭枝也向我們射來，我們連忙躲避。

張琳無法前進，她勉強地撥開一枝枝射來的箭，並向後退了幾米。首領躲在一棵樹後面，情緒很是激動。

「哇——還敢射我——全都上當了——」首領手

舞足蹈地喊着。

「小心——」我拉了首領一下，一枝箭擦着他的身體飛了過去。

這時，又有幾十個人衝了過來，這些人手裏大都也拿着弓箭，威利指揮着他們向我們射擊。石牆這裏，有一個木台，是村子周邊建立的眾多瞭望台的其中一個，這時有好幾個弓箭手爬上了木台，居高臨下對着張琳射箭。

張琳無奈地後撤回來，她也躲到一棵樹後，我小心地向外看了一下，一枝箭飛射過來，我立即縮回到樹後。

「大家注意，所有的武士全部集合，今晚開始防禦，有阿萊村的小巫師進攻我們，阿萊村的武士有可能隨後就到——」石牆前，大巫師開始布置起來，「注意一個長得和首領一樣的人，是阿萊村的武士變出來迷惑我們的，不要上當——」

「我、我成假的了——」聽到大巫師的喊話，首

領氣惱地揮着拳頭，但是毫無辦法。

「木台上全都安排武士，發現異常就射箭——」大巫師繼續布置道。

我們沒辦法前進，稍微一露頭就有箭枝飛來，我們不可能一直躲在這裏。我揮揮手，讓大家都後撤，我們只能先撤走，再想辦法。

我們撤到村子外三百多米的地方，村子越來越小，射出來的箭枝也威脅不到我們了，大家借着月光，都無奈地看着遠處的村子。

「走吧，看看有什麼別的辦法。」我揮揮手，「還是先回山洞去吧，村子四面一定都是武士了，就等着我們進攻呢……首領，你們這個村子有多少個武士？」

「每家都有一到兩個，加起來有七百多人。」首領說道，「他們剛才還都是我的武士，可現在……」

「七百多人，那我們可打不過。」西恩有些驚異，「七十個人，我們想想辦法還能對付。」

「我現在説什麼他們都不信了。」首領很是不情願地離開，「大巫師説我是阿萊村的小巫師用巫術變的，我的那些武士都信大巫師。」

「大巫師一步一步的設計，你中圈套了。」我若有所思地説道，「而且這個大巫師確實有些手段。」

我們無奈地向小山走去，還特別上山，取回了我們藏在石頭下的手錶，隨後來到山腳下的那個山洞裏。我們也沒有別的地方去，只能先在裏面住着。

「我説，首領。」一回去，夏佐就走到首領身邊，「過幾天我們就走了，你呢，也被人陷害了，你換個地方當首領去吧，你自己回去非被那個大巫師殺了不可。」

「你們、你們要走？」首領着急了，「你們不能走呀，你們要幫我，我只能靠你們了，我還能到哪裏去當首領？我去了別的村子，一定被抓住當奴隸呀。」

「現在你們那裏的人都覺得你是假的，你能怎麼

辦？」夏佐聳聳肩，「我剛才都跟着你跑了半天，差點被箭射中，你還想怎麼樣？村子裏有七百多武士，這個是你自己説的。」

「我……」首領聽到這話，沮喪地蹲在了地上，眼淚都要出來了，「我……還有老婆和孩子在村子裏呢，他們以為我死了……」

「首領，這種冤屈，我們不會不管的。」我走過去，拍了拍首領，「我們知道，你不是個壞人，有這樣的處境，我們很同情，我們一定會幫你的。」

「啊，謝謝，謝謝呀。」首領激動地握着我的手，「小巫師……啊，不對，大巫師，也不對，小仙人，我知道你們很厲害……你們到底是哪裏來的呀？」

「説了你也不懂，別問那麼多，能幫你就可以了。」張琳知道，我們也沒法和他解釋，只能乾脆地拒絕回答。

「那我就不多問了，要幫我呀，反正我知道你們

是小仙人。」首領用力地點着頭說。

「也要幫我，我也要回村子去，我家人也在村子裏呢。」貝尼在一邊說，「首領，我偷吃你早餐那件事，我真的覺得很香呀，誰叫那早餐那麼香呀……」

「一大半都吃了，也不給我剩多點——」首領叫了起來，不過他隨即想了想，「算了，這件事還說什麼，現在你我都回不去了，你和我在一起，大巫師也饒不了你的，本來他就嫌你說他壞話。」

「現在這些事情都是小事情，關鍵是怎麼拆穿大巫師的謊言，讓你們回到村子裏去。」西恩很是有些不耐煩地說，說着他看了看我。

我當然明白西恩的意思，西恩是要我快點想辦法，但是這個事情看起來很棘手。首先強攻是攻不進去的，我們一靠近村子，木台上的觀察哨就能發現我們，然後我們無論從哪個方向進村，都會有幾百個武士守在那裏。其次，即便我們僥倖用武力攻進村子，怎麼向村民解釋首領不是假的，也是個問題，現在村

民們一定都相信首領已經死了，現在的首領是大巫師，而村外那個長得和首領一樣的人，是阿萊村的巫師造出來騙人的。

我走到洞口，陷入了深思。山洞裏的人，除了張琳和西恩，首領和貝尼也感到了什麼，他們望着我的背影。

「這是我們的分析大師。」西恩指着我，小聲地對首領說。

「這麼小就當了大師？」首領先是一愣，隨即想起什麼，「噢，你們都是小仙人，手腕上戴的東西能出現小人，你們有什麼樣的表現我都相信。」

「可是還是不能幫我們回去呀。」貝尼湊過來，有些着急地說。

「噓——別說話了，我們的分析大師在想辦法呢。」西恩連忙制止貝尼。

「現在是大巫師用他的特殊身分說首領是假的。」我轉過身，把一些想法告訴大家，「大家都相

信了他，而且他還搶了首領的位置，村民們一定也覺得首領真的死了……如果首領能被證明還活着，是真的首領，那麼大巫師的話就是謊言了，只要能這樣，一切就好辦了。」

「誰能證明？」首領高聲說，「現在他們都聽大巫師的，誰肯為我證明？」

「大巫師以前算是你的親信吧？」我忽然問道，「你身邊的人。」

「對，沒錯。」首領很是懊惱地說，「可是我看錯他了……」

「我早就說他是個壞人，他當着你的面對我們很好，背着你打罵我們。」貝尼大叫起來，「現在看看還是我好，只不過就是嘴饞……」

「你不早說？」首領瞪着貝尼。

「我說了你也不信呀。」貝尼回嘴道。

「好了。」我擺了擺手，「你們以後回到村子裏去吵，現在我們要解決眼下的問題。」

「還能回去嗎？」首領有些不屑地說。

「你的家人……就是你的夫人，她要是能證明你是首領，功效一定大過大巫師，因為她是你最親近的人，村子裏的人更信她。」

「那是一定的，我的夫人對村民們很好的，大家都很尊敬她。」首領一臉的焦急，「她現在一定認定我死了，她也上了大巫師的當了……我就算是見到她，也沒用，大巫師已經讓全村的人認為我死了。」

「如果能見到她，我有辦法讓她相信你沒死。」我點了點頭，認真地看着首領。

「你？」首領一愣。

「沒錯，請放心，這點我能做到。」我淡淡地笑了笑，我也想安慰下一直都很焦慮憂心的首領，他此時的心情我們都理解。

「我相信你，可是……」首領說着看看大家，「先要見到我的夫人才能讓她相信我，問題是現在怎麼見到她？她在村子裏，我們現在進不去，我們靠近

村子就有幾百枝箭射過來。」

「嗯，這是一個很嚴重的問題，我們現在都接近不了村子。」我點着頭說，「強攻是攻不進去的。」

大家都不説話了，我也努力地想辦法，有些辦法我一想到，就立即自動排除了，比如説挖地道，這樣耗工耗時，風險也很大。看來從地下沒法進去。

「我有個辦法。」一個聲音突然打破了山洞裏的寂靜。

CHAPTER 10

大家看去，説話的是夏佐，夏佐也看着大家，他的神情有些小小的得意。

「我們頭頂上，不是還有那個拋人板嗎？剛才我也看到了。」夏佐用手指了指頭頂上方，「你們不是一直也説嗎，那東西雖然不能把人拋到月亮上，但是拋出去近百米沒問題，所以可以把首領拋進村子……」

「哇——」首領聽到這句話，大叫起來，他連忙擺着手，「不要，我不要再被拋一次了，村子裏可沒有河，掉在什麼地方都直接摔死了，你這是什麼主意？我看你也是想害死我，比大巫師還壞……」

「我這是為你好，你懂什麼？」夏佐説着看了看我，「你可以跟他一起拋進去，落地的時候，你來幫

116

他調整姿勢，沒問題的。」

　　我當即明白了夏佐的意思，我們是超能力者，從高空躍下可以調整身體，用腳落地，然後順勢翻滾，不會造成任何傷害。掌控一個沒有超能力的人落地，也沒有問題。

　　「夏佐，你這個辦法可以。」我點着頭説，「完全可以一試。」

　　「看看，夏佐，你要是把頭腦用在正經的地方，多好，還能想出辦法，也顯示出你很聰明。」張琳在一邊誇讚地説，「這次要是回去，我們給你寫報告，遞交給法官，會減輕處罰的，你今後可要當個好人呀。」

　　「我知道，我知道。」夏佐很是開心地笑了，「你們那天教訓我的話，都對，你們是好人，我也要出點力……」

　　「你們在説什麼？」首領有些激動地比劃着，「在商量怎麼把我拋出去對嗎？我不要再被拋出去

了，這兩天我倒是什麼都沒做，就被你們拋來拋去了。」

「這回我和你一起拋出去，放心了吧？」我看看首領，「保證你安全着陸，見到你的夫人。」

我們連忙行動起來，此時，已經接近凌晨時分了。我們先是上了山頂，把拋人板拆解開，連同那些藤條，往村子邊運送。我還讓首領和貝尼一起，畫了一張詳盡的村子的平面圖，首領的大房子，就在村子中心位置。我計算了一下，我和首領兩個人，一起被拋進村子中心的可能性不存在，拋人板沒有那種力道，不過我們只要越過村子外的防線，進到村子裏就行。

我們把拋人板運到村子南側的一處樹林裏，大石頭也被滾動着推來，它將是拋人板的支點。隨後，我們開始組裝，借着樹林的掩護，村子裏的人發現不了我們。我們派出貝尼觀察着村裏面的動靜，村子南邊的石牆後確實有人在走動，木台上也有兩個人，不過

由於很晚了，這兩個人靠着柱子，有些昏昏欲睡的。

拋人板被很快組建起來，拋人板距離村子大概有三十米，從這裏拋出我們，我們會落到石牆後七十多米的地方。根據地圖顯示，那裏是一片空地，是晾曬穀物的地方。

我們把三根長藤條套住拋人板的凹槽，用力往下拉，木板兩側各三根藤條，我們把一共六根藤條，直接綁在了樹幹上。木板被繃成一個弓形。

我蹲在木板邊，瞄準着村子，看了一會，確保木板能把我們準確地拋進村裏。很快，這種檢查工作也完成了，西恩和張琳弄來一塊大石頭，放在木板下，方便首領爬上去。

「可以了，下一步看你們的了，一定要造出聲勢。」我看看西恩，很是信任地說。

「放心吧。」西恩點點頭。

西恩，貝尼和夏佐，一起向村子的北面移動，我們之間用手錶的通訊系統聯繫。西恩他們繞着村子，

穿行在村邊的樹林裏，不一會，來到了村子北面。

「凱文，凱文，我們準備就緒，開始行動了。」西恩的話從手錶裏傳出來。

「好的，開始。」我立即説。

「衝呀——抓大巫師呀——」西恩第一個從樹林裏衝出去，他的身後緊緊跟着貝尼。

「衝呀，抓大巫師——」貝尼也一起吶喊着。

「嗖——嗖——」西恩説着把兩根粗樹枝，當做標槍扔進村子北面的圍牆。

「嘩啦啦——嘩啦啦——」躲在樹林裏的夏佐，不僅吶喊着，還不停地搖動樹枝。

村北的石牆後，有十幾個值守的武士，木台上，也有兩個武士。他們聽到吶喊聲，隨後又看到兩根黑乎乎的東西飛進來，全都嚇壞了。

「攻擊——攻擊——」一個武士揮動着自己的長矛，開始命令石牆後的武士向外射箭。

「他們又來了——阿萊村的小巫師，還有貝

尼——」木台上的武士驚慌地喊着，「樹林裏也有他們的人，足有好幾百——」

「叫增援，快去叫增援——」指揮的武士看看身邊一個年輕武士，大喊道。

年輕武士轉身就跑，他來到石牆後的一所房子旁，那裏豎立着一個木架子，木架子上掛着一個鐵鑼。

「噹——噹——噹——」年輕武士拿起木架子下放着的一根木棍，開始用力敲打鐵鑼，頓時，鑼聲響徹四方。

「衝呀——衝呀——」西恩和貝尼繼續喊着，樹林裏的夏佐也是一樣。

「嗖——嗖——嗖——」石牆後，十幾枝箭飛射過來，西恩和貝尼躲到了樹後，但是沒有停止吶喊。

按照首領的要求，西恩並沒有真的動用超能力去攻擊那些武士，因為那些武士也是受騙的，首領不想他們受傷。我們的真實目的，就是要把大部分武士，

吸引到村子北面來。

西恩躲在樹後，揀起石頭扔進村子。沒一會，他就發現大批武士趕來增援了，西恩轉到一棵大樹後，小心地伸出頭，看到了大巫師也匆匆趕來，出現在石牆後。

「大巫師，啊，首領，他們又來了，想衝進村子，被我們打退了——」指揮的武士報告說，「現在躲在樹後，那邊的樹林裏還有更多的人，有好幾百。」

「射箭壓制，不能讓他們靠近——」大巫師喊道，「把拋石機拉來五架，對着遠處樹林攻擊——」

「是——」指揮武士連忙說。

「衝呀——衝呀——」西恩繼續大聲喊着，不過身子是一動不動，就躲在大樹的後面。

我通過手錶熒幕看着村子北面的情況，大批的武士正在增援村北。我們這邊可以展開行動了，我走到一棵樹後，看了看對面，石牆後只有兩個人影，木台

上兩個人靠着柱子，似乎都睡着了。

「張琳，我們開始行動。」我從樹後走回來，説道，我看看首領，「你先爬上去。」

首領站在石頭上，爬到了木板上，我縱身一躍，跳上了木板。首領在前面，我在後面，我們都騎在木板上，木板被藤條拉下來，繃得緊緊的。

張琳拿着霹靂劍，站在木板旁，我只要一聲令下，她就揮劍斬斷拉着木板的左右六根藤條。我看了看前面的村子，正要下令，手錶一陣震動。

「051號特工，我是總部2號穿越管理員。」手錶裏隨即傳出來一個聲音，「你們的穿越通道已經修理完畢，磁力影響清除，現在可以正常使用，我將協助你們穿越回來。」

「現在先不要，我們還有工作沒有完成。」我對着手錶説，「你就祝我們好運吧。」

我説着看了看張琳，然後點了點頭。我們進村後，張琳將去村北幫助西恩。

「不要怕，我會讓你安全着陸，不要喊，村子裏有人會聽到的。」我拍了拍前面的首領。

「我知道，我相信你，小仙人。」首領回過頭，鄭重地説。

「張琳準備──」我看了看木板下的張琳，「發射──」

張琳聽到我的話，舉起霹靂劍，用力一揮，「咔──」的一聲，齊刷刷地斬斷了六根藤條。

「嗖──」的一聲，我和首領立即騰空，我們被拋起了四、五十米，轉瞬間就越過石牆和木台，那木台也僅有五米高，無論是木台上的人，還是石牆後的人，在黑壓壓的夜色中，都沒有發現我們。我們越過木台後，劃着一條弧線開始降落。

我牢牢地抱着首領，不讓他在空中亂翻，保持着腳着地的姿態。首領閉着眼睛，他當然能感到耳邊呼呼的風聲，但是他努力閉着嘴，不敢喊叫。

前面就是地面，這是一片空地，我們的落地點很

準確，距離地面五米，我調整了一下首領的姿勢，同時伸出雙腳，這樣最先着地的就是我。轉瞬間，我們落地，我的腳尖剛剛觸地，就抱着首領順勢一滾，我們在地上滾動了將近十米，隨後停了下來。

「首領，起來。」我拍了拍首領，「好了。」

首領睜開眼睛，似乎還有些不相信。不過他隱約看到了周圍的房子，很是興奮。

「啊，我終於回來了──」

「快走吧，去你的宮殿。」我拉起來首領，「你聽，北面還很熱鬧呢，現在大部分武士都在北面防禦西恩呢，我們正好過去，你來帶路。」

首領點點頭，他看了看周圍，隨後拉着我，繞過一個大房子，隨後向村子的中心跑去。

夜晚的村子，非常安靜，只有北面隱約傳來喊殺聲。我們穿行在房子中間，很快就來到了村子的中心。

「前面那個房子，就是我家，我的夫人在裏

面。」首領指了指不遠處的一所大房子，「不過有武士把守。」

「沒問題，跟我來。」我拉了首領一下。

我和首領悄悄地來到房子前，房前有個院子，院門的確有一個武士，拿着長槍站在那裏把守着。

我讓首領跟在我身後，我從側面悄悄地靠過去，天很黑，那個武士沒看見我，等他感覺到什麼，一轉頭，我已經到了他的面前。我舉起手，打在他的脖子上，他頓時倒在了地上，他暈了過去，最少要一小時後才能醒來。

「噢，我找人打自己的武士，真奇怪呀。」首領說着看看倒地的武士，「可憐的查林，以後我會給你補償十隻雞腿的……」

CHAPTER 11

證明

我和首領進了院子，首領帶着我來到房子的左邊，我們來到一個窗戶下，蹲下，首領指了指窗戶。

「這就是我的臥室，我夫人住在裏面。」

「好像有人在哭呢。」我仔細聽了聽，的確聽到臥室裏有哭聲傳來。

「這窗戶能推開。」首領小聲地説，「我夫人一定以為我死了，在哭呢。」

我點點頭，隨後和首領一起站起來。首領一下就推開了窗戶。房間裏點着一個小油燈，裏面有個夫人，坐在牀邊，背對着我們，正在哭泣。她聽到聲音，轉頭一看，大吃一驚。

「薇拉，是我──」首領説道，「我還活着。」

「啊──」首領的夫人薇拉叫了一聲，隨後捂着

嘴，完全不知所措。

　　我縱身一躍，跳進了房間。進去後，我立即叫那夫人不要發出聲響，我告訴她首領還活着，就在她眼前。

　　「你是阿萊村的小巫師變化出來的，你不是首領——」薇拉顫抖地喊着，「大巫師和威利都説你死了……」

　　「快進來。」我對首領揮了揮手。

　　首領吃力地爬進了房間，激動地來到薇拉面前，薇拉則退到了牆角，渾身發抖。

　　「來證明你自己。」我提示地對首領説，我已經教給他辦法了。

　　「薇拉，聽着，你為了阻止我太胖，經常把我的食物藏起來。」首領走到一個櫃子旁，打開櫃子最下面的一個抽屜，「你會把食物偷偷放在這個櫃子裏，趁我不在，自己吃掉，結果你現在越來越胖，這些我都知道……噢，這裏還有兩個餡餅。這些隱私的事，

真首領才知道。」

「啊，那是我吃的，你不要動。」薇拉看着首領，有些將信將疑了，「你是首領？我的丈夫。」

「我們剛結婚那些天，那會我還很瘦，你叫我『瘦猴』，但是我是首領，你也不想讓大家聽到，就私下叫我『瘦猴』，大概叫了一年，就不叫了，因為我胖起來了。」首領語速飛快地説，「這能證明我是誰了吧？」

「你……你是首領，你還活着。」薇拉説着撲上去，抱着首領，哭了起來，「可是大巫師説你死了。」

「他想當首領，他弄了個拋人板，一步步把我引誘上去。」首領氣呼呼地説，「現在如他願了。」

「對，他現在是首領了。」薇拉連忙説道。

「凱文，凱文，我是張琳……」我的手錶裏傳出張琳焦急的聲音，「我已經到達了村北，並和西恩匯

130

合，但是這邊的情況不妙，大巫師在用拋石機攻擊我們，好像也發現我們人很少了……」

「再堅持一下，馬上趕到。」我連忙説，隨後看看首領和他的夫人，「我們馬上去村北……」

村子北面，情況很是危急。五架拋石機已經搭建好並開始向村外樹林拋射大石塊，這些拋石機和拋人板的構造一樣，只不過拋人板要三根藤條、左右共六根藤條拉住木板，斬斷後拋射，拋石機只要搭上去一根藤條、放下來左右兩根藤條拉住木板，斬斷後拋出木板上的石頭。

通過手錶，我都能聽見樹林中落下的石塊在地面上巨大的聲響，張琳説落下來的石塊每個都比籃球還要大，大家只能躲在一塊斜插進地面的巨石後，好幾塊拋出來的石頭，「咣——咣——」地砸在巨石上，還擦出明亮的火花。

「頂不住啦——真不該來當英雄——」夏佐很是絕望的聲音傳來。

「他們連聲音都沒有了，人不多，我們衝出去──」大巫師在石牆後大喊起來。

「阿萊村的援兵會來嗎？他們人多，很厲害。」瓦爾小心地問道。

「不可能，要來早就來了。」大巫師喊道，「都給我衝出去──」

「衝──衝──」威利跟着大巫師喊道。

足足有三、四百個武士，吶喊着走出村子，向樹林衝了過去。此時拋石機已經不發射石塊了，不少武士舉着火把，把村外照射得通亮，他們要找到西恩等人，大巫師在最後，他舉着一把長劍，身邊是威利和瓦爾，也衝了出來。

張琳看到武士們衝了上來，揮舞着霹靂劍也從石頭後出來應戰，西恩跟着出去。

「別傷害他們，他們都上了大巫師的當了──」貝尼大喊着。

「都要殺我們了，還這麼仁慈？」夏佐也從石頭

後走了出去，還揀了一根木棍。

「衝——」幾個武士看到了西恩他們，招呼着同伴揮舞着刀槍猛撲上來。

「防禦弧——」西恩大喊一聲，對着地面劃出一個弧線。

地面上生成了一條長長的弧線，弧線閃着白色的光，地面此時也變亮，弧線最是刺眼。

最前面的武士直直地就衝進弧線區，只見那道弧光立即發散，射出更加明亮刺眼的無數光束，武士們立即被反彈回去，很多人被拋得飛起來好幾米高，隨後摔了下去，他們的刀槍掉落了一地。

張琳趁機猛衝幾步，用長劍打掉了幾個武士手裏的刀槍，後面的武士又撲上來，和張琳打在一起。

「啊，很厲害呀——」大巫師説着就衝了上來，他揮舞着長劍，「看我的。」

大巫師説着，衝到了最前面，他用手中的長劍一劃，一道電光射線對着張琳就刺過去，張琳連忙

用霹靂劍去擋，「咔——」的一聲巨響，她手裏的霹靂劍差點掉在地上，張琳連連後退幾步，被夏佐扶住了。

「很厲害呀。」夏佐看着那個大巫師，有些驚奇地說。

「殺了他們——」大巫師用長劍一揮，指揮着那些武士。

三十多個武士一起吶喊着撲向張琳和夏佐，二十多個武士舉着長槍撲向西恩，貝尼躲在石頭下，渾身發抖。

　　張琳和武士們打在了一起，但是圍上來的武士越來越多。西恩用防禦弧推倒了一排武士，另外一排武士從他的側面衝了上來。後面有更多的武士包抄上來。

「殺──殺──」大巫師惡狠狠地喊道。

「殺──」威利在一邊，揮着一枝長槍，跟着吶喊着。

張琳邊打邊退，但是後路已經被截斷。這時，我和首領、首領夫人越過石牆，趕了過來。

「停手──都停手──」首領大喊着，「全都停手──」

「別打了，別打了──」我衝上去，拉住幾個衝殺的武士。

武士們突然聽到背後傳來首領的聲音，全都愣住了，隨後他們真的都停止了攻擊，傻傻地看着首領和首領夫人。

「哇──」大巫師看見首領，先是一驚，隨即大喊着，「假的首領，真的已經死了，我才是首領，把他抓住，他是阿萊村的……」

「你説謊──」首領夫人上前一步，護在首領身前，「大家聽着，這是我的丈夫，我證明他就是首

領，大巫師算計他，一步步的讓他上了拋人板，就是要害死他，大巫師是壞人，大家不要相信他。」

「你、你也被騙了……」大巫師指着首領夫人說。

「我怎麼會被自己的丈夫騙？他是誰我還不知道嗎？我藏食物的地方他都一清二楚，他當然是我丈夫。」首領夫人理直氣壯地說，「來，大巫師，你說說我把好吃的東西藏在哪裏？你能說出來嗎？」

「這……」大巫師立即語塞了。

「他是猜、猜的……」威利上前一步，指着首領說。

「威利，我知道你，這些人裏，你和大巫師勾結在一起，別人都是受騙的。」首領也向前一步，他看看瓦爾，「瓦爾，你說說我是不是真的，五天前，我私下和你說，今後給你的俸祿，每個月多十隻雞腿，你說，有沒有這事？是不是在場的只有你和我？」

「哇，是真的，在場的只有你和我，我當時非常

感謝你。」瓦爾大叫起來，「你是真的首領呀。」

「憑什麼多給他是十隻雞腿，我怎麼就沒有？」一個武士領隊站了出來，很是不平地問。

「這件事不重要，重要的是我是真首領。」首領指着那個武士領隊，「去年你被老婆揍了一頓，跑到我這裏哭，還不好意思往外説，對不對？」

「啊，你⋯⋯你是首領⋯⋯」武士領隊先是一愣，隨後説道，不過臉色變了，「首領，你怎麼還是説出來了？」

現場一片譁然，大家都看着大巫師，大巫師已經有些手足無措了。

「我錯了——饒了我吧——」威利説着就跪在地上，還眼淚汪汪的，「都是大巫師讓我幹的，他説害死首領後，他自己當首領，我就是副首領，他還説首領身邊都是武士守衞，首領自己也很厲害，不能硬來，要用軟辦法，所以就想了這樣一個拋人板的辦法，人是沒辦法跑到月亮上的，我們一步步測試，就

138

是要把人準確拋進河裏，最後讓首領上拋人板，拋進河裏後，首領會被河水沖走，大巫師想怎麼說就怎麼說，否則首領摔在地上，死倒是死了，但大家一定和大巫師拚命⋯⋯」

「威利——」大巫師瞪着威利，絕望地喊着。

「大巫師是騙子——」瓦爾叫了起來，他揮舞着長槍，對着大巫師就刺，「啊——」

「殺——殺——」眾武士全都明白過來，舉着刀槍一起衝過來，包圍了大巫師。

大巫師揮着長劍，幾下就把瓦爾擊敗，另外的武士衝上前，也被大巫師擊退。

「我們來——」張琳大喊一聲，從人羣中衝了出去，西恩也跟着衝了出去。

大巫師看到是張琳和西恩，很是害怕，不過他才不肯投降，舉着長劍，猛地砍向張琳，張琳用霹靂劍一擋，「咔——」的一聲，兩把長劍在空中碰撞，擦出巨大的火花。

西恩從瓦爾手裏拿過來長槍，對着大巫師刺了過去，大巫師感到了風聲，他連忙轉身，隨後用劍撥開了西恩的長槍。這時，張琳一劍刺來，大巫師急忙躲避。三個人你來我往地打在了一起。

大巫師急着衝出去逃跑，一時間非常兇悍，他揮動長劍，左衝右殺，張琳和西恩來回阻擋，三人難分勝負。那些武士則在一邊大聲地給張琳和西恩叫好。

大巫師看着村北的樹林，只要衝進樹林，他就能借着夜色逃走，他極力往樹林裏靠，張琳看出了他的意圖，揮劍擋着他。

「啊──啊──」大巫師連續劈刺，張琳接連抵擋。

「嗖──」的一聲，不知道從哪裏飛出一根木棍，突然砸在了大巫師的臉上。

「啊──」大巫師慘叫一聲，捂着臉倒退幾步。

「打什麼打，現在就是要偷襲一下。」夏佐得意地説，那根木棍是他看準空檔扔出去的。

大巫師還沒有站穩，西恩掄起長槍，砸在大巫師腿上，大巫師頓時倒地，手裏的寶劍也扔在了一邊。

張琳向前走幾步，用劍刃抵住了大巫師的脖子，西恩舉着長槍，直接對着大巫師的胸口。大巫師躺在地上，本想爬起來，但是看到劍刃，絕望地躺在了地上。

「饒了我、饒了我……」大巫師喘着粗氣，說道，「我錯了，不要殺我……」

「現在知道錯了？晚了！法官會重判你的。」夏佐走了過來，說道，忽然，他看了看瓦爾，「你們這裏有法官嗎？」

現場一片歡呼，幾個武士上來，把大巫師捆了起來，和已經被捆起來的威利，押向了村子。

首領身邊，圍上去很多的武士，他們都很高興，一切終於真相大白了。

「我一直感覺首領還活着。」瓦爾在一邊說，「我的感覺可真是太對了。」

「現在才説，不覺得晚嗎？」夏佐聽到瓦爾的話，嘲弄地説。

首領那邊，大家圍着他，首領也很激動，他們不停地説着話，貝尼走過去，首領很是高興地赦免了他，他今後能繼續在首領的宮殿裏工作了。

我看了看手錶，我們的穿越通道已經正常了。

「首領，恭喜你，全都沒問題了。」我擠上去，要向首領告別。

「小仙人，太謝謝你們了。」首領一下就拉住我的手，「你就是我們這裏的副首領了，每個月俸祿五百隻雞腿……」

「可是你知道，我們並不是你們這裏的人，我們要走了。」我笑着説，「我們還有別的事情。」

「啊？」首領叫了起來，「這就要走？你們幫了我們太多了，我都不知道要怎麼感謝你們了。」

「不用感謝了，今後，好好過你們的日子……」我連忙説。

我們和村莊裏的人告別，越過樹林，我們要找到一片空地，我們要穿越回去了。

　　「總部穿越通道管理員，我是051號特工，請協助我們返回……」我抬起手，對着手錶說道。

時空調查科8
銅器時代登月計劃

作　　者：關景峰
繪　　圖：Mimi Szeto
責任編輯：葉楚溶
美術設計：蔡學彰
出　　版：新雅文化事業有限公司
　　　　　香港英皇道499號北角工業大廈18樓
　　　　　電話：（852）2138 7998
　　　　　傳真：（852）2597 4003
　　　　　網址：http://www.sunya.com.hk
　　　　　電郵：marketing@sunya.com.hk
發　　行：香港聯合書刊物流有限公司
　　　　　香港荃灣德士古道220-248號荃灣工業中心16樓
　　　　　電話：（852）2150 2100
　　　　　傳真：（852）2407 3062
　　　　　電郵：info@suplogistics.com.hk
印　　刷：中華商務彩色印刷有限公司
　　　　　香港新界大埔汀麗路36號
版　　次：二〇二一年二月初版

版權所有‧不准翻印

ISBN : 978-962-08-7702-5
© 2021 Sun Ya Publications (HK) Ltd.
18/F, North Point Industrial Building, 499 King's Road, Hong Kong
Published in Hong Kong
Printed in China